Une forme de vie

Amélie Nothomb

Une forme de vie

ÉDITIONS FRANCE LOISIRS

Édition du Club France Loisirs,
avec l'autorisation des Éditions Albin Michel.

Éditions France Loisirs,
123, boulevard de Grenelle, Paris
www.franceloisirs.com

ISBN : 978-2-298-04237-5

Ce matin-là, je reçus une lettre d'un genre nouveau :

Chère Amélie Nothomb,

Je suis soldat de 2e classe dans l'armée américaine, mon nom est Melvin Mapple, vous pouvez m'appeler Mel. Je suis posté à Bagdad depuis le début de cette fichue guerre, il y a plus de six ans. Je vous écris parce que je souffre comme un chien. J'ai besoin d'un peu de compréhension et vous, vous me comprendrez, je le sais.

Répondez-moi. J'espère vous lire bientôt.

Melvin Mapple

Bagdad, le 18/12/2008

Je crus d'abord à un canular. À supposer que ce Melvin Mapple existe, avait-il le droit de m'écrire de telles choses ? N'y avait-il pas une censure militaire qui n'eût jamais laissé passer le « *fucking* » devant « *war* » ?

J'examinai le courrier. Si c'était un faux, l'exécution en était remarquable. Une timbreuse américaine l'avait affranchi, un cachet irakien l'avait estampillé. Ce qui faisait le plus vrai était la calligraphie : cette écriture américaine de base, simple et stéréotypée, que j'avais tellement observée lors de mes séjours aux États-Unis. Et ce ton direct, d'une légitimité indiscutable.

Quand je ne doutai plus de l'authenticité de la missive, je fus frappée par la dimension la plus incroyable d'un tel message : s'il n'y avait rien d'étonnant à ce qu'un soldat américain vivant de l'intérieur cette guerre depuis le début souffre « comme un chien », il était hallucinant qu'il me l'écrive à moi.

Comment avait-il entendu parler de moi ? Certains de mes romans avaient été traduits en anglais et avaient eu aux États-Unis un accueil plutôt confidentiel, cinq années auparavant. J'avais déjà reçu sans surprise des plis de militaires belges ou français qui, le plus souvent, demandaient des photos dédicacées. Mais un 2e classe de l'armée américaine basé en Irak, cela me dépassait.

Savait-il qui j'étais ? À part l'adresse de mon éditeur correctement libellée sur l'enveloppe, rien ne le prouvait. « J'ai besoin d'un peu de compréhension et vous, vous me comprendrez, je le sais. » Comment pouvait-il savoir que moi, je le comprendrais ? À supposer qu'il ait lu mes livres, ceux-ci étaient-ils les témoignages les plus flagrants de la compréhension et de la compassion humaines ? Tant qu'à être une marraine de guerre, le choix de Melvin Mapple me laissait perplexe.

D'autre part, avais-je envie de ses confidences ? Tant de gens déjà m'écrivaient leurs peines en long et en large. Ma capacité à supporter la douleur d'autrui était au bord de la rupture. De plus, la souffrance d'un soldat américain, cela prendrait de la place. Contiendrais-je un tel volume ? Non.

Melvin Mapple avait sûrement besoin d'un psy. Ce n'était pas mon métier. Me mettre à la disposition de ses confidences serait lui rendre un mauvais service, car il se croirait dispensé de la thérapie dont six années de guerre avaient dû engendrer la nécessité.

Ne pas répondre du tout m'eût paru un rien salaud. Je trouvai une solution médiane : je dédicaçai au soldat mes livres traduits en anglais, je les empaquetai et les lui postai. Ainsi, il me sembla avoir fait un geste pour le sous-fifre de l'armée américaine et j'eus ma conscience pour moi.

Plus tard, je songeai que l'absence de censure militaire s'expliquait sans doute par la récente élection de Barack Obama à la présidence ; certes, il n'entrerait en fonction que plus d'un mois après, mais ce bouleversement devait déjà produire ses effets. Obama n'avait cessé de prendre position contre cette guerre et de déclarer qu'en cas de victoire démocrate, il rappellerait les troupes. J'imaginais le retour imminent de Melvin Mapple dans son Amérique natale : mes fantasmes le voyaient arriver dans une ferme confortable, entourée de champs de maïs, ses parents lui ouvrant les bras. Cette idée acheva de m'apaiser. Comme il n'aurait pas manqué d'emporter mes livres dédicacés, j'aurais indirectement contribué à la pratique de la lecture dans la *Corn Belt*.

Deux semaines ne s'étaient pas écoulées quand je reçus la réponse du 2e classe :

Chère Amélie Nothomb,

Merci pour vos romans. Vous voulez que j'en fasse quoi ?

Happy new year,

Melvin Mapple

Bagdad, le 1/01/2009

Je la trouvai un peu raide. Légèrement énervée, j'écrivis aussitôt cette lettre :

Cher Melvin Mapple,

Je ne sais pas. Peut-être rééquilibrer un meuble ou surélever une chaise. Ou les offrir à un ami qui a appris à lire.

Merci pour vos vœux. Autant de ma part.

Amélie Nothomb

Paris, le 6/01/2009

Je postai ce billet en fulminant contre ma sottise. Comment avais-je pu espérer une autre réaction de la part d'un militaire ?

Il répondit par retour du courrier :

Chère Amélie Nothomb,

Sorry, j'ai dû mal m'exprimer. Je voulais dire que si je vous avais écrit, c'est parce que j'avais déjà lu tous vos livres. Je n'allais pas vous embêter avec ça, c'est pour ça que je ne vous en avais pas parlé ; ça allait de soi. Mais je suis content de les avoir en double et avec vos dédicaces. Je pourrai les prêter aux copains. Désolé de vous avoir dérangée.

Sincerely,

Melvin Mapple

Bagdad, le 14/01/2009

J'écarquillai les yeux. Ce type avait lu tous mes livres et établissait un lien de cause à effet entre cette donnée et le fait qu'il m'écrive. Cela me plongea dans un abîme de réflexion. J'essayai de comprendre en quoi mes romans avaient pu inciter ce soldat à s'adresser à moi.

D'autre part, j'étais ce personnage ridiculement ravi : l'auteur qui découvre que quelqu'un a tout lu de lui. Que ce quelqu'un fût un 2e classe de l'armée américaine me combla encore davantage. Cela me donna l'impression d'être un écrivain universel. J'éprouvai une grotesque bouffée d'orgueil. Dans les meilleures dispositions, je rédigeai cette épître :

Cher Melvin Mapple,

Désolée pour ce malentendu. Je suis vraiment touchée que vous ayez lu tous mes livres. J'en profite pour vous envoyer mon dernier roman traduit en anglais, *Tokyo Fiancée*, qui vient de paraître aux États-Unis. Le titre me navre, cela fait très film avec Sandra Bullock, mais l'éditeur m'a affirmé que *Ni d'Ève ni d'Adam* ne risquait pas de trouver meilleure traduction. Du 1er au 14 février, je serai dans votre beau pays pour en assurer la promotion.

Aujourd'hui, Barack Obama devient le président des États-Unis. C'est un grand jour. J'imagine que vous allez bientôt rentrer et je m'en réjouis.

Amicalement,

Amélie Nothomb

Paris, le 21/01/2009

Pendant ma tournée américaine, je ne manquai pas de répéter à qui voulait l'entendre que je correspondais avec un soldat basé à Bagdad qui avait lu tous mes livres. Les journalistes en furent favorablement impressionnés. Le *Philadelphia Daily Report* titra l'article : « *U.S. Army soldier reads Belgian writer Amélie Nothomb* ». Je ne savais pas au juste de quelle aura cette information me couronnait, mais l'effet semblait excellent.

De retour à Paris, m'attendait une montagne de courrier, dont deux plis d'Irak :

Chère Amélie Nothomb,

Merci pour *Tokyo Fiancée*. Ne soyez pas navrée, le titre est bien. J'adore Sandra Bullock. Je me réjouis de le lire. Vous savez, j'aurai le temps : nous n'allons pas rentrer tout de suite. Le nouveau président a dit que le retrait des troupes prendrait dix-neuf mois. Et comme j'étais le premier arrivé, vous verrez que je serai le dernier parti : c'est l'histoire de ma vie. Mais vous avez raison, Barack Obama est l'homme qu'il faut. J'ai voté pour lui.

Sincerely,

Melvin Mapple

Bagdad, le 26/01/2009

Chère Amélie Nothomb,

J'ai adoré *Tokyo Fiancée*. J'espère que Sandra Bullock acceptera le rôle, ce serait formidable. Quelle belle histoire ! J'ai pleuré à la fin. Je ne vous demande pas si ça s'est vraiment passé : c'est tellement authentique.

Comment c'était en Amérique ?

Sincerely,

Melvin Mapple

Bagdad, le 7/02/2009

Je répondis aussitôt :

Cher Melvin Mapple,

Je suis si contente que vous ayez aimé mon livre.

Cela s'est très bien passé dans votre beau pays. J'ai parlé de vous partout : regardez cet article du *Philadelphia Daily Report*. Malheureusement, je ne pouvais pas préciser aux journalistes d'où vous veniez.

Je sais si peu qui vous êtes. Si vous y consentez, dites-m'en plus sur vous.

Amicalement,

Amélie Nothomb

Paris, le 16/02/2009

Je préférai ne rien commenter sur un hypothétique film avec Sandra Bullock : j'y avais fait allusion comme une blague, ne m'attendant pas à être prise au sérieux. Melvin Mapple risquait d'être déçu s'il découvrait que ce film avait peu de chances d'exister. Il ne faut pas désespérer la *Corn Belt*.

Chère Amélie Nothomb

L'article du *Philadelphia Daily Report* m'a fait très plaisir. Je l'ai montré aux copains, ils veulent tous vous écrire maintenant. Je leur ai dit que votre tournée américaine était finie et que ça ne vaut plus la peine : tout ce qu'ils veulent, c'est qu'on parle d'eux dans la presse.

Vous voulez que je me présente. J'ai 39 ans : je suis l'un des plus vieux à mon échelon. Je suis entré dans l'armée tard, à 30 ans, parce que je n'avais plus de perspectives d'avenir. Je crevais de faim.

Mes parents se sont rencontrés en 1967, pendant le fameux *Summer of Love*. Pour eux, mon enrôlement a été une honte. Je leur ai dit qu'en Amérique, quand on crève de faim, il n'y a rien d'autre à faire. « Tu aurais pu venir chez tes vieux, quand même », ont-ils répondu. Moi, j'aurais trouvé honteux d'aller squatter chez mes parents qui vivotent dans la banlieue de Baltimore où ils tiennent une station-service. C'est là que j'ai grandi, je n'avais aucune envie d'y retourner. Baltimore, ce n'est bien que pour le rock. Malheureusement, je n'ai pas de talent pour ça.

Avant mes 30 ans, j'avais des idéaux, des rêves, et j'ai essayé de les atteindre. Je voulais devenir le nouveau Kerouac, mais j'ai eu beau parcourir les routes sous benzédrine, je n'ai pas écrit une ligne valable. Je me suis rempli d'alcool pour devenir le nouveau Bukowski et là, j'ai touché le fond. Bon, j'ai compris que je n'étais pas un écrivain. J'ai tenté la peinture : catastrophe. Le dripping, ce n'est pas aussi facile qu'on croit. J'ai voulu faire l'acteur, ça n'a rien donné non plus. J'ai vécu dans la rue. Je suis content d'avoir connu ça, dormir dehors. Ça m'a beaucoup appris.

En 1999, je me suis enrôlé. J'ai dit à mes parents qu'il n'y avait aucun risque, que la dernière guerre était trop récente. Ma théorie était que la Gulf War de 1991 avait calmé mon pays pour longtemps. L'armée en temps de paix, ça me paraissait cool. Bon, il y avait des choses qui se passaient en Europe de l'Est, en Afrique, il y avait toujours Saddam Hussein en Irak, mais je ne voyais rien d'énorme se profiler à l'horizon. Comme quoi, je n'ai pas de sens politique.

La vie militaire n'avait pas que de bons côtés, je l'ai su tout de suite. Ces exercices, cette discipline, ces hurlements, les horaires, ça ne m'a jamais plu. Enfin, je n'étais plus clochard. C'était important. J'avais compris mes limites : dormir dans le froid et la peur en était une. La faim en était une autre.

À l'armée, on mange. La nourriture est bonne, abondante et gratuite. Le jour de mon enrôlement, j'ai été pesé : 55 kilos pour 1,80 mètre. Je crois qu'ils n'étaient pas dupes quant au motif réel de ma conscription. Je sais que je suis loin d'être le seul à devenir soldat pour cette raison.

Sincerely,

Melvin Mapple

Bagdad, le 21/02/2009

Je m'étais fourvoyée avec la *Corn Belt* : la banlieue de Baltimore, c'était beaucoup plus dur. Baltimore, ce n'était pas pour rien que le cinéaste John Waters, le pape du « Bad Taste », y situait tous ses films. C'était une ville qui avait l'air d'une moche banlieue. Alors la banlieue de Baltimore, j'osais à peine imaginer à quoi cela ressemblait.

Le 11 septembre 2001, le pauvre Melvin Mapple avait dû se rendre compte de son erreur. Non, l'époque n'était pas à la paix. Sa faim allait lui coûter cher.

Cher Melvin Mapple,

Merci pour votre très intéressante lettre. Je l'ai beaucoup aimée, j'ai l'impression de mieux vous connaître. N'hésitez pas à me raconter la suite, ou d'autres parties de votre vie, comme vous voulez.

Amicalement,
Amélie Nothomb
Paris, le 26/02/2009

Chère Amélie Nothomb,

À l'armée, on gagne un peu d'argent. Avec mon salaire, j'ai acheté des livres. Par hasard, j'ai lu le premier des vôtres à avoir été traduit en américain, *The Stranger Next Door*. J'ai accroché. Je me suis procuré tous vos romans. C'est difficile à expliquer, mais vos bouquins me parlent.

Si vous me connaissiez mieux, vous comprendriez. Ma santé se détériore, je suis très fatigué.

Sincèrement,
Melvin Mapple
Bagdad, le 2/03/2009

Ce billet me plongea dans l'inquiétude. J'imaginais qu'il ne manquait pas de raisons d'être malade en Irak : l'emploi militaire de substances toxiques, le stress, voire quelque blessure au combat. Par ailleurs, je lui avais déjà demandé de m'en raconter davantage sur lui, je ne pouvais quand même pas le supplier. Était-ce sa santé qui l'en avait empêché ? Il me semblait sentir une réticence d'un autre ordre. Je ne savais quelle attitude adopter et ne répondis pas. Bien m'en prit. Je reçus une nouvelle lettre :

Chère Amélie Nothomb,

Je vais un peu mieux et trouve la force de vous écrire. Il faut que je vous explique : je souffre d'un mal de plus en plus courant dans les troupes américaines envoyées en Irak. Depuis le début de l'intervention en mars 2003, le nombre de malades a doublé et la proportion ne cesse d'augmenter. Sous l'administration Bush, on cachait notre pathologie, vue comme dégradante pour l'image de l'armée américaine. Depuis Obama, les journaux commencent à parler de nous, mais sur la pointe des pieds. Vous imaginez sûrement une maladie vénérienne, vous vous trompez.

Je suis obèse. Ce n'est pas ma nature. Enfant, adolescent, j'étais normal. Adulte, je n'ai pas tardé à devenir maigre à cause de la pauvreté. Je me suis enrôlé en 1999 et j'ai grossi très vite, mais pas de façon choquante : j'étais seulement un squelette affamé à qui on donnait enfin la possibilité de manger. En un an, j'ai atteint ce qui devait être mon poids normal de soldat musclé : 80 kilos. Je m'y suis maintenu sans effort jusqu'à la guerre. En mars 2003, j'ai fait partie du premier contingent envoyé en Irak. Sur place, les problèmes ont commencé aussitôt. J'ai connu mes premiers vrais combats, avec les tirs de roquettes, les chars, les corps qui explosent à côté de vous et les hommes que vous tuez vous-même. J'ai découvert la terreur. Il y a des gens courageux qui supportent, moi pas. Il y a des gens à qui ça coupe l'appétit, mais la plupart, dont moi, réagissent à l'opposé. On revient du combat choqué, éberlué d'être vivant, épouvanté, et la première chose qu'on fait après avoir changé de pantalon (on souffle le sien à tous les coups), c'est se jeter sur la bouffe. Plus exactement, on démarre par une bière – encore un truc de gros, la bière. On écluse une ou deux canettes et puis on attrape le consistant. Les hamburgers, les frites, les *peanut butter and jelly sandwiches*, l'*apple pie*, les *brownies*, les glaces, on peut y aller à volonté. On y va. C'est pas croyable ce qu'on peut avaler. On est fou. Quelque chose est cassé en nous. On ne peut pas dire qu'on aime manger comme ça, c'est plus fort que nous, on pourrait se tuer de nourriture, c'est peut-être ce qu'on cherche. Au début, certains vomissent. J'ai essayé, je n'ai jamais pu. J'aurais bien voulu. On souffre tellement, on a le ventre au bord de l'explosion. On se jure de ne jamais recommencer, c'est trop douloureux. Le lendemain, on doit retourner au combat, on participe à des horreurs pires que la veille, on ne s'habitue pas, on a des coliques monstres sans cesser de tirer et de courir, on voudrait que le cauchemar s'arrête. Ceux qui en reviennent ne sont que du vide. Alors, on se remet à la bière et à la bouffe et l'estomac devient peu à peu si énorme qu'on n'a plus mal. Ceux qui vomissaient ne vomissent plus. On grossit comme des porcs. Chaque semaine, on doit demander des tenues de la taille au-dessus. Ça nous gêne, mais personne n'est capable d'inverser la tendance. Et puis ce n'est pas notre corps. Cette histoire arrive au corps de quelqu'un d'autre. Cette nourriture, nous la balançons dans le ventre d'un inconnu. La preuve, c'est que nous le sentons de moins en moins. Ça nous permet d'en avaler plus. Ce que nous éprouvons n'est pas du plaisir, mais un affreux réconfort.

Le plaisir, je connais : ce n'est pas ça. Le plaisir, c'est quelque chose de grand. Par exemple, faire l'amour. Ça ne m'arrivera plus. D'abord, parce que personne ne voudra de moi. Ensuite, parce que je n'en suis plus capable. Comment mouvoir si peu que ce soit un corps de 180 kilos ? Vous vous rendez compte, depuis que je suis en Irak, j'ai pris 100 kilos. 17 kilos par an. Et ce n'est pas fini. J'en ai encore pour 18 mois : le temps de prendre 30 kilos. À supposer que de retour au pays j'arrête de grossir. Je suis, comme de nombreux soldats américains, un boulimique incapable de vomir. Dans ces conditions, maigrir est la dernière chose envisageable.

100 kilos, c'est une personne énorme. Je me suis enrichi d'une personne énorme depuis que je suis à Bagdad. Puisqu'elle m'est venue ici, je l'appelle Schéhérazade. Ce n'est pas gentil pour la véritable Schéhérazade qui devait être une svelte créature. Je préfère néanmoins l'identifier à une personne plutôt

qu'à deux, et à une femme plutôt qu'à un homme, sans doute parce que je suis hétérosexuel. Et puis, Schéhérazade, ça me convient. Elle me parle des nuits entières. Elle sait que je ne peux plus faire l'amour, alors elle remplace cet acte par de belles histoires qui me charment. Je vous confie mon secret : c'est grâce à la fiction de Schéhérazade que je supporte mon obésité. Si les gars savaient que je donne à ma graisse un nom de femme, je ne dois pas vous faire un dessin sur ce qui m'arriverait. Mais vous, je sais que vous ne me jugerez pas. Dans vos livres, il y a pas mal d'obèses, vous ne les montrez jamais comme des gens sans dignité. Et dans vos livres, on s'invente des légendes bizarres pour continuer à vivre. Comme Schéhérazade.

J'ai l'impression que c'est elle qui écrit la lettre : je ne parviens pas à l'arrêter. De ma vie, je n'ai rédigé un si long message, ça prouve que ce n'est pas moi. J'ai horreur de mon obésité, mais j'aime Schéhérazade. La nuit, quand mon poids oppresse ma poitrine, je pense que ce n'est pas moi, mais une belle jeune femme allongée sur mon corps. Lorsque je rentre à fond dans cette fiction, j'entends sa douce voix féminine qui murmure à mon oreille des choses ineffables. Alors mes gros bras étreignent cette chair et la conviction est si puissante qu'au lieu de sentir mon gras, je touche la suavité d'une amoureuse. Croyez-moi, à ces moments-là, je suis heureux. Mieux : nous sommes heureux, elle et moi, comme seuls des amants peuvent l'être.

Je sais que ça ne me protège de rien : mourir d'obésité, ça existe, et puisque je vais continuer à grossir, ça va me tomber dessus. Mais si Schéhérazade veut de moi jusqu'au bout, je mourrai heureux. Voilà. Schéhérazade et moi, nous voulions vous raconter ça.

Sincèrement,

Melvin Mapple

Bagdad, le 5/03/2009

Cher Melvin Mapple,

Merci pour votre stupéfiante missive que je viens de lire et relire avec ahurissement et émerveillement. Ce que vous m'écrivez me bouleverse. Plus j'y repense, plus je suis révoltée, sidérée et éblouie. Puis-je vous prier, Schéhérazade et vous, de me raconter encore et encore cette histoire ? Je n'ai jamais rien lu de pareil.

Amicalement,

Amélie Nothomb

Paris, le 10/03/2009

C'est avec fièvre que j'attendis la prochaine épître de Melvin. J'étais continuellement assaillie d'images incroyables : je voyais tour à tour des Irakiens déchiquetés, des explosions qui me fissuraient le crâne, puis des soldats américains bâfrant de façon traumatisante jusqu'à reproduire dans leur ventre les explosions du front. Je voyais l'embonpoint gagnant du terrain, les positions perdues les unes après les autres, à mesure que la taille au-dessus devenait indispensable, un front de gras se déplaçant sur la carte. L'armée des États-Unis formait une entité qui enflait, on eût dit une gigantesque larve absorbant des substances confuses, peut-être les victimes irakiennes. Parmi les unités militaires il y a le corps et ce que je voyais devait en être un, pour autant que l'on puisse reconnaître ce mot dans cette efflorescence de graisse. En anglais, *corpse* signifie « cadavre ». En français, ce n'est qu'une possibilité du mot « corps ». Un corps obèse est-il vivant ? La seule preuve qu'il n'est pas mort, c'est qu'il grossit encore. C'est ça, la logique de l'obésité.

Ensuite, je voyais quelqu'un qui pouvait être Melvin Mapple et qui, couché, suffoquait dans la nuit. Je calculai que sur les 100 kilos acquis, ceux situés sur la poitrine et le ventre devaient en représenter la moitié : 50 kilos pour Schéhérazade étaient un poids vraisemblable, je croyais donc en l'existence de l'amante allongée sur son cœur. Et je voyais l'idylle, la conversation intime, le surgissement de l'amour là où on l'attendait le moins. En six années de guerre, on avait dépassé les 1 001 nuits.

« Qui veut faire l'ange fait la bête », on le sait depuis Pascal. Melvin Mapple ajoutait sa version : qui veut faire la bête fait l'ange. Certes, il n'y avait pas que de l'angélisme dans son récit, loin de là. Mais la puissance de la vision qui permettait à mon correspondant de survivre à l'intolérable forçait le respect.

Au Salon du livre de Paris, parmi les gens venus me demander une dédicace, il y eut une jeune fille obèse. La lettre de Melvin m'avait à ce point contaminée que la demoiselle me parut frêle, lovée dans l'étreinte d'un Roméo annexé à son corps.

Chère Amélie Nothomb,

Votre réaction me touche. Cependant, j'espère que vous ne vous exagérez pas le lyrisme de ma situation. Vous savez, même si Obama est président, la guerre n'est pas finie. Elle ne le serait que si le camp d'en face le considérait. Aussi longtemps que nous serons ici, nous serons en danger. Bien sûr, il n'y a plus ces assauts atroces qui m'ont rendu boulimique. Mais la moindre sortie nous transforme en cibles et il y a encore des tués dans nos rangs. C'est qu'on nous en veut ici et sans doute y a-t-il de quoi.

Les obèses de mon espèce sont toujours en première ligne. Inutile de vous en expliquer la raison, elle saute aux yeux : un obèse constitue le meilleur bouclier humain. Là où un corps normal protège un seul individu, le mien en protège deux ou trois. D'autant que notre présence joue un rôle de paratonnerre : les Irakiens souffrent tant de la faim que notre obésité les nargue, c'est nous qu'ils veulent dégommer en premier lieu.

Ma conviction est que les chefs américains veulent la même chose. C'est aussi pour ça que les obèses sont assurés de rester ici jusqu'au dernier jour fixé par Obama : pour multiplier les probabilités de notre assassinat. Après chaque conflit, on a vu revenir aux États-Unis des soldats atteints de pathologies abominables qui ont donné mauvaise conscience au pays entier. Mais l'étrangeté de ces troubles était telle que la population pouvait mettre ça sur le compte de ce qui, dans la guerre, dépasse l'entendement humain.

L'obésité, elle, n'est pas bizarre en Amérique, elle est seulement ridicule. Même si elle est une maladie, elle est rarement perçue comme telle par les gens ordinaires qui parlent encore de nous en termes de trop bien portants. L'armée des U.S.A. peut tout accepter, sauf d'être grotesque. « Vous avez souffert ? Ça ne se voit pas ! », ou « Qu'est-ce que vous avez fait en Irak à part manger ? » sont les réflexions que nous récolterons. Nous aurons de vrais problèmes avec l'opinion publique. Il est indispensable que l'armée américaine véhicule une image virile de force dure et courageuse. Or, l'obésité qui nous encombre de seins et de fesses énormes donne une image féminine de mollesse et de pleutrerie.

Les caporaux ont essayé de nous mettre au régime. Impossible : notre gloutonnerie nous rend capables de tout. La nourriture est une drogue comme une autre et il est plus facile de dealer des *doughnuts* que de la coke. Pendant la période de prohibition alimentaire qu'ils nous ont imposée, nous avons grossi encore plus qu'en temps ordinaire. Ils ont levé l'embargo sur la bouffe et notre prise de poids a retrouvé sa vitesse de croisière.

La drogue, parlons-en : une guerre moderne ne se supporte pas sans stupéfiants. Au Viêt-nam, les nôtres avaient l'opium qui, quoi qu'on en dise, suscite une dépendance très inférieure à celle qui est désormais la mienne pour les sandwiches au pastrami. Quand les boys des années 60-70 sont rentrés au pays, aucun n'a replongé dans l'opium, substance difficile à se procurer aux U.S.A. Quand nous retournerons chez nous, comment nous sèvrerons-nous de la junk-food qui sera à portée de main ? Les chefs auraient bien mieux fait de nous distribuer de l'opium : nous ne serions pas obèses à l'heure qu'il est. De toutes les drogues, la bouffe est la plus nocive et la plus addictive.

Il faut manger pour vivre, paraît-il. Nous, nous mangeons pour mourir. C'est le seul suicide à notre disposition. Nous semblons à peine humains tant nous sommes énormes, pourtant ce sont les plus humains d'entre nous qui ont sombré dans la boulimie. Il y a des gars qui ont toléré la monstruosité de cette guerre sans tomber dans aucune forme de pathologie. Je ne les admire pas. Ce n'est pas de la bravoure, c'est un manque de sensibilité de leur part.

Il n'y avait pas d'armes de destruction massive en Irak. À supposer qu'il y ait eu des doutes sur la question, il n'y en a plus aujourd'hui. Ce conflit était donc une injustice scandaleuse. Je n'essaie pas de me blanchir. Si je suis moins coupable que George W. Bush et sa bande, je suis coupable quand même. J'ai participé à cette horreur, j'ai tué des soldats, j'ai tué des civils. J'ai explosé des habitations dans lesquelles il y avait des femmes et des enfants, morts par ma faute.

Parfois, je me dis que Schéhérazade est l'une de ces Irakiennes que j'ai massacrées sans les voir. Sans métaphore, je porte le poids de mon crime. Je peux m'estimer heureux, Schéhérazade aurait de bonnes raisons de me haïr. Or la nuit, je sens qu'elle m'aime. Allez comprendre : je hais ma graisse et celle-ci me torture toute la journée. Vivre avec ce fardeau me supplicie, mes victimes me hantent. Et pourtant, dans ce tas de chair, il y a Schéhérazade qui, après l'extinction des feux, me donne de l'amour. Sait-elle que je suis probablement son assassin ? Je le lui ai murmuré en réponse à certaines de ses déclarations. Ça n'a pas eu l'air de la déranger. L'amour est un mystère.

Je déteste ma présence à Bagdad. Cependant, je n'ai pas très envie de rentrer à Baltimore. Je n'ai pas dit aux miens que j'avais pris plus de 100 kilos, leur réaction me terrifie. Je suis incapable de me mettre au régime. Je ne veux pas perdre Schéhérazade. Maigrir, ce serait la tuer une deuxième fois. Si mon châtiment pour ce crime de guerre est de porter sous forme d'embonpoint ma victime, je l'accepte. D'abord parce que c'est justice, ensuite parce que d'inexplicable manière, j'en suis heureux. Ce n'est pas du masochisme, je ne suis pas de cette espèce.

En Amérique, au temps de ma minceur, j'ai eu pas mal d'histoires avec des femmes. Elles se sont montrées généreuses avec moi, je n'ai pas à me plaindre. Parfois, j'ai même été amoureux. Comme chacun sait, faire l'amour avec celle qu'on aime, c'est le sommet du bonheur terrestre. Eh bien, ce que je vis avec Schéhérazade est supérieur. Est-ce parce qu'elle partage mon intimité de la façon la plus concrète ? Ou est-ce tout simplement parce que c'est elle ?

Si mon existence n'était composée que de nuits, je serais l'homme le plus heureux du monde. Mais il y a les jours qui m'accablent au sens propre du terme. Il faut transporter ce corps : on ne dira jamais assez le calvaire de l'obèse. Les esclaves qui ont bâti les pyramides n'étaient pas si chargés que moi, qui ne peux déposer mon fardeau à aucun instant. La joie simple de marcher d'un pas léger, sans me sentir écrasé, me manque terriblement. J'ai envie de crier aux gens normaux de profiter de cet invraisemblable privilège dont ils ne paraissent pas conscients : gambader, se mouvoir avec insouciance, jouir de la danse des déplacements les plus ordinaires. Dire qu'il y en a pour râler d'aller à pied faire les courses, d'effectuer un trajet de dix minutes jusqu'à la station de métro !

Mais le pire, c'est le mépris. Ce qui me sauve, c'est que je ne suis pas le seul obèse. La solidarité des autres m'empêche de sombrer. Subir les regards, les réflexions, les brimades, c'est le comble de la souffrance. Je ne sais pas comment je me conduisais jadis avec les tas de graisse que je croisais : étais-je un salaud avec eux, moi aussi ? Avec toujours cette bonne conscience car enfin, si le gros est gros, il l'a bien cherché, on n'est pas gros pour rien, donc allons-y, on a le droit de le lui faire payer, il n'est pas innocent.

C'est la vérité, je ne suis pas innocent. Ni au moral ni au physique. J'ai commis des crimes de guerre, j'ai bouffé comme un monstre. Or, parmi ceux qui se permettent ici de me juger, personne ne vaut mieux que moi. Nos rangs ne sont composés que d'assassins de ma sorte. Qu'ils n'aient pas grossi prouve que leurs méfaits ne leur pèsent pas sur la conscience. Ils sont pires que moi.

Quand mes compagnons et moi nous nous goinfrons, les soldats minces nous gueulent dessus : « Putain, les gars, arrêtez ! Vous nous dégoûtez, on a envie de vomir en vous voyant bouffer ! » On ne dit rien, mais entre nous on en parle : c'est eux qui nous dégoûtent de manger normalement, d'avoir massacré des civils sans que leur mode de vie en soit modifié, sans qu'ils manifestent le moindre traumatisme. Certains les défendent en prétendant qu'ils souffrent peut-être d'un mal secret. Comme si un mal secret pouvait expier des crimes si peu secrets ! Nous au moins, nous arborons notre culpabilité avec ostentation. Nos remords ne sont pas discrets. N'est-ce pas témoigner beaucoup d'égards envers ceux que nous avons si gravement offensés ?

Nous-mêmes, nous abhorrons l'appellation de gros, nous nous appelons entre nous les saboteurs. Notre obésité constitue un formidable et spectaculaire acte de sabotage. Nous coûtons cher à l'armée. Notre nourriture est bon marché, mais nous en mangeons en quantités si effarantes que l'addition doit être salée. Ça tombe bien, c'est l'État qui régale. À un moment, suite à une plainte de l'intendance, les chefs ont essayé de faire payer ceux qui se servaient plus de deux fois. Malchance pour eux, ce n'est pas avec un brave type qu'ils ont tenté le coup, c'est avec notre pote Bozo, le méchant gros par excellence. La gueule de Bozo quand le garde lui a tendu la note ! Vous me croirez si vous voulez, Bozo lui a fait bouffer le ticket. Et quand il l'a avalé, Bozo a hurlé : « Tu peux t'estimer heureux. Si tu remets ça, c'est toi que je mange. » Il n'en a plus jamais été question.

Nous coûtons cher en vêtements aussi : chaque mois, nous devons changer d'uniforme, parce que nous ne rentrons plus dedans. Nous ne parvenons plus à boutonner ni le pantalon ni la chemise. Il paraît que l'armée a dû créer pour nous des modèles d'une taille nouvelle : XXXXL. Nous n'en sommes pas peu fiers. J'espère qu'ils vont lancer le XXXXXL, car nous n'avons pas l'intention de nous arrêter en si bon chemin. Entre nous, s'ils étaient moins bêtes, ils nous confectionneraient une tenue en stretch. J'en ai parlé au responsable de l'équipement et voici ce qu'il m'a répondu :

« Impossible. Le stretch est à l'opposé de l'esprit militaire. Il faut des habits rigides, dans des tissus non extensibles. L'élastique est l'ennemi de l'armée. » Je pensais qu'on était en guerre contre l'Irak, je découvre qu'on est en guerre contre le latex.

Nous coûtons cher en soins de santé. Quand on est obèse, on souffre toujours de quelque part. La plupart d'entre nous sont devenus cardiaques : on doit prendre des médicaments pour le cœur. Contre l'excès de tension aussi. Le pire, c'est quand ils ont voulu nous opérer. Quelle histoire ! Ils avaient fait venir des États-Unis un chirurgien réputé dans la pose des anneaux gastriques : on vous comprime l'estomac dans un genre de bague, vous n'avez plus faim. Mais on n'a pas le droit de vous poser ce truc contre votre gré et personne n'a été d'accord. Nous voulons avoir faim ! La bouffe, c'est notre drogue, notre soupape, nous ne voulons pas la perdre. La tête du chirurgien quand il a vu qu'il n'y avait pas de candidats ! Alors les caporaux ont repéré le maillon faible, un certain Iggy, visiblement plus complexé que nous par son surpoids. Ils ont commencé à lui saper le moral, lui montrant des photos de lui avant : « Tu étais beau, Iggy, quand tu étais mince ! Qu'est-ce qu'elle dira, ta petite amie, à ton retour ? Elle ne voudra plus de toi ! » Iggy a craqué, ils l'ont opéré. Ça a marché, il a maigri comme un fou. Seulement, le fameux chirurgien, vexé de son peu de succès, est reparti en Floride. Peu après, l'anneau gastrique a merdé, s'est déplacé, il a fallu opérer Iggy d'urgence. Les chirurgiens militaires ont foiré, le malheureux est mort. Il paraît que c'était inévitable, qu'à moins d'être un spécialiste de cette opération, ça ne pouvait pas marcher. Il aurait fallu faire revenir le Floridien, mais il ne serait pas arrivé à temps. Bref, la famille d'Iggy a intenté un procès à l'armée américaine et l'a gagné très facilement. L'État a dû verser aux parents d'Iggy une somme colossale.

Donc, nous coûtons cher aussi en frais de justice. L'histoire d'Iggy a donné des idées. Après tout, nous sommes obèses à cause de George W. Bush. De retour au pays, j'en connais qui vont être procéduriers. Ce ne sera pas mon cas. Je préfère ne plus avoir affaire à ces gens. Ce sont des criminels : au nom d'un mensonge, ils ont envoyé à la mort des milliers d'innocents et gâché la vie de ceux qui survivront.

Je voudrais leur nuire davantage. Hélas, j'appartiens à une espèce assez inoffensive. C'est encore en bouffant que je sabote le plus le système. Le problème est la dimension kamikaze de mon acte : je me détruis plus que je n'atteins ma cible.

Quand même, je suis assez fier de ma dernière victoire : je n'entre plus dans les tanks. La porte est trop étroite. Tant mieux, j'ai toujours eu horreur d'être dans ces machins qui rendent claustrophobe et où l'on n'est pas si protégé qu'on le croit.

Vous avez vu la longueur de ma lettre. Je n'en reviens pas d'avoir tant écrit. J'en avais besoin. J'espère que je ne vous gave pas.

Sincèrement,
Melvin Mapple
Bagdad, le 17/03/2009

D'habitude, je ne raffole pas des longues missives. Ce sont généralement les moins intéressantes. Depuis plus de seize ans, j'ai reçu un si grand nombre de courriers que, sans le vouloir, j'ai développé une théorie instinctive et expérimentale de l'art épistolaire. Ainsi, j'ai observé que les meilleures lettres ne dépassent jamais deux feuilles A4 recto verso (j'insiste sur le recto verso : l'amour des forêts contraint à l'opisthographie. Ceux qui s'y refusent au nom d'une vieille règle de politesse ont d'étranges priorités). Ce n'est pas absurde, il y a de l'irrespect à s'imaginer avoir plus à dire et le manque d'égard ne rend pas intéressant. Madame de Sévigné l'a très bien dit : « Pardonnez-moi, je n'ai pas le temps de faire court. » Elle illustre d'ailleurs très mal ma théorie : ses épîtres sont toujours passionnantes.

Très différent de Madame de Sévigné, Melvin Mapple m'offrait un sacré contre-exemple de plus. Ses lettres ne me paraissaient même pas longues, tant elles me captivaient. On les sentait écrites sous l'empire de la plus absolue nécessité : il n'est pas de meilleure muse. Je ne pouvais faire autrement que d'y répondre aussitôt, contrairement à mes usages.

Cher Melvin Mapple,

Merci pour votre courrier qui m'intéresse de plus en plus. Ne craignez pas de me gaver : vous ne m'écrirez jamais assez à mon gré.

Oui, votre boulimie comme celle de vos comparses est un acte de sabotage. Je vous en félicite. On avait déjà entendu le slogan : « Faites l'amour, pas la guerre. » Vous, c'est : « Faites le gueuleton, pas la guerre ! » C'est infiniment louable. Mais j'ai conscience du danger que vous courez et je vous prie, dans la mesure du possible, de prendre soin de vous.

Amicalement,
Amélie Nothomb
Paris, le 24/03/2009

Chère Amélie Nothomb,

Votre lettre m'arrive au bon moment. Mon moral est au plus bas. Hier, nous nous sommes attrapés avec les maigres du contingent. C'était pendant le dîner. Nous, les obèses, nous avons l'habitude de manger ensemble : ça nous permet de bâfrer sans complexes, entre nous, et de ne pas essuyer les regards et les remarques désobligeants. Quand l'un se surpasse en bouffant encore plus, nous le congratulons d'un propos louangeur de notre invention : « *That's the spirit, man !* » Cette phrase déclenche notre hilarité, allez savoir pourquoi.

Hier soir, sans doute à cause du manque de combats de ces derniers temps, les autres sont venus autour de notre table pour nous provoquer :

— Alors, les tas de graisse, ça roule ?

Comme ça commençait en douceur, on ne s'est pas inquiétés, on a répondu les banalités d'usage.

— Comment vous faites, pour bouffer comme ça, alors que vous êtes tellement énormes ? Avec vos réserves, vous ne devriez pas avoir faim.

— Il faut bien qu'on nourrisse nos kilos, a dit Plumpy.

— Moi, ça me dégoûte de vous voir bâfrer comme ça, a lancé un minus.

— T'as qu'à pas nous regarder, ai-je répondu.

— Oui, mais comment faire ? Vous monopolisez tout le champ du regard. On aimerait contempler autre chose, mais il y a toujours un bourrelet qui nous en empêche.

Nous avons ri.

— Ça vous fait rigoler ?

— Oui. Vous faites de l'humour, alors on rit.

— Ce serait pas plutôt voler la nourriture de l'armée qui vous amuse ?

— On vole pas. Tu vois : on bouffe devant tout le monde, sans se cacher.

— Ouais. C'est pas pour ça que c'est pas du vol. Chacun d'entre vous dévore dix fois nos rations.

— On vous empêche pas de manger plus.

— On n'a pas envie de manger plus.

— Il est où le problème, alors ?

— Vous volez l'armée. Donc, vous volez l'Amérique.

— L'Amérique se porte bien.

— Y a des tas de gens qui meurent de faim au pays.

— Ce n'est pas notre faute.

— Qu'est-ce que vous en savez ? C'est à cause de voleurs et de profiteurs de votre espèce qu'il y a des miséreux chez nous.

— Non. C'est à cause de voleurs beaucoup plus haut placés.

— Donc, vous reconnaissez que vous êtes des voleurs.

— On n'a pas dit ça.

Ça a vite dégénéré.

Bozo s'est levé le premier pour cogner un maigrichon. J'ai essayé de l'en empêcher :

— Tu vois bien que c'est ce qu'il veut !

— Il va l'avoir !

— Non ! Tu seras envoyé au trou.

— Personne m'y mettra.

— Il faudra élargir la porte du trou, a gueulé le petiot.

Là, je n'ai plus pu retenir Bozo. La bagarre a éclaté. Les gros ont l'avantage *a priori*, c'est évident. Notre masse terrasse n'importe qui. Notre talon d'Achille, c'est la chute. Si on tombe, on a du mal à se relever. Les autres avaient bien compris le truc. Du coup, ils se plaquaient à nos chevilles, essayaient le croc-en-jambe ou roulaient à terre comme des bouteilles dans nos pieds. Plumpy a chuté : ils se sont rués sur lui et l'ont tabassé. On est venus à la rescousse, on arrachait les minus qui s'acharnaient sur le corps de Plumpy, comme si c'était des poux. Un cuistot est entré avec un plat de chili con carne. Un type lui a arraché la casserole des mains et a versé le chili bouillant sur la tête de Plumpy en riant : « T'as faim ? Bouffe ! » Le malheureux a hurlé. Le cuistot a alerté les autorités qui sont venues nous mettre en joue. Ça a calmé le jeu. Mais le pauvre Plumpy a le visage brûlé au deuxième degré. Les salauds !

Il y a eu des sanctions. Pas uniquement contre les maigres ! Pendant l'espèce de jugement, on a eu beau dire que c'était une provocation, ça ne nous a pas blanchis. Un type a même protesté que nous étions des provocations sur pattes, à cause de nos dimensions, et l'autorité n'a pas contesté. On sentait qu'ils étaient d'accord.

Bozo a eu droit au même verdict que celui qui a défiguré Plumpy : trois jours d'arrêts. Il a gueulé :

— Donc, je dois me laisser insulter ?

— Il ne faut pas attaquer physiquement son adversaire.

— C'est pourtant ce qu'il faisait, lui !

— Vous jouez sur les mots.

Ce que personne n'a dit au procès, mais que nous avons tous senti, c'est combien on nous déteste. Si les bien enrobés peuvent susciter de la sympathie, les obèses sont haïs, c'est comme ça. Il faut reconnaître que nous ne sommes pas beaux. Je nous ai regardés attentivement : le pire n'est pas le corps, c'est le visage. L'obésité donne une expression hideuse, à la fois blasée, larmoyante, contrariée et stupide. C'est mal parti pour plaire.

Après cette parodie de justice, nous avions le moral par terre. Comme nous prenions un milk-shake à la cafétéria pour nous remettre, le cuistot qui avait apporté le chili est venu nous parler. Il partageait notre indignation, il pensait à Plumpy. Pour une fois qu'un mince était de notre côté, je lui ai ouvert mon cœur. Je lui ai dit que si on bouffait à ce point, c'était par révolte, c'était une réponse violente à la violence que nous subissions.

— Le contraire ne serait-il pas plus habile ? a-t-il suggéré.

— Que veux-tu dire ? ai-je demandé.

— Une grève de la faim marquerait davantage les esprits et vous attirerait l'estime de tous.

Nous avons échangé des regards de consternation.

— Tu as vu à qui tu parles ? ai-je dit.

— N'importe qui peut faire la grève de la faim, a répondu cette âme simple.

— Déjà, je ne pense pas que n'importe qui peut le faire. Mais surtout pas nous. Tu ne vois en nous que des hommes aux réserves énormes. La vérité, c'est que nous sommes les pires junkies de la terre. La bouffe à haute dose, c'est une drogue plus dure que l'héroïne. Bâfrer, c'est le shoot assuré, on a des sensations pas croyables, des pensées indescriptibles. Une grève de la faim équivaudrait pour nous à une désintoxication gravissime, comme ces camés à l'héroïne qu'il faut enfermer. Nous, le cachot n'y suffirait pas. Il n'y aurait qu'un seul moyen de nous empêcher de manger : la camisole de force. Mais je ne pense pas qu'il en existe de notre taille.

— Gandhi, lui…, a commencé le cuistot.

— Arrête. Les probabilités que Bozo devienne Gandhi, tu sais combien il y en a ? Zéro. Et mes potes et moi, pareil. Exiger de nous que nous soyons des saints, c'est dégueulasse. Tu ne risques pas non plus d'en devenir un, alors pourquoi l'attendre de nous ?

— Je ne sais pas, je cherche une solution pour vous.

— Et comme toujours, les gens comme toi ne l'imaginent que dans le dépassement de soi. Il semblerait que pour les obèses, il n'y ait que ça. Or l'obésité est une maladie. Quand quelqu'un a le cancer, personne n'est assez impudent pour lui suggérer le dépassement de soi. Oui, je sais, on ne peut pas comparer. Si nous pesons 180 kilos, c'est notre faute. On n'avait qu'à pas bouffer comme des porcs. Le cancéreux, c'est une victime, nous pas. On l'a cherché, on a péché. Alors on doit se racheter par un acte de sainteté, histoire d'expier.

— Ce n'est pas ce que j'ai voulu dire.

— Ça veut dire ça quand même.

— Merde, je suis de votre côté, les gars.

— Je sais. C'est ça qui est terrible aussi, même nos amis ne nous comprennent pas. L'obésité n'est pas une expérience communicable.

Là, j'ai pensé à vous. C'est peut-être une illusion due à la correspondance : j'ai l'impression que vous me comprenez. Je sais que vous avez souffert de problèmes alimentaires, mais très différents. Ou alors c'est parce que vous êtes écrivain. On imagine, peut-être naïvement, que les romanciers ont accès à l'âme des gens, aux expériences qu'ils n'ont pas vécues. Ça m'avait frappé dans *De sang froid* de Truman Capote : cette impression que l'auteur connaissait intimement chaque personnage, même secondaire. Je voudrais que vous me connaissiez comme ça. C'est sans doute un souhait absurde, lié au mépris dont je suis l'objet et dont je souffre. Il me faut un être humain qui soit en dehors de tout ça et qui en même temps soit proche de moi : c'est ça, un écrivain, non ?

Vous me direz qu'il y a d'autres écrivains et qu'en plus, l'anglais n'est pas votre première langue. Je sais. Mais c'est vous qui m'inspirez ça, je n'y peux rien. J'ai passé en revue dans ma tête tous les romanciers vivants. Bien sûr, j'avais lu un article dans lequel vous disiez que vous répondiez à votre courrier, ce qui n'est pas fréquent. Cependant, je vous jure que ce n'est pas pour cette raison. C'est comme si, avec vous, tout était possible. J'ai du mal à l'expliquer.

Rassurez-vous, je ne vous prends pas pour un psy. Des psys, il n'en manque pas ici. J'en ai essayé plusieurs. On leur parle trois quarts d'heure dans le plus profond silence et puis ils vous prescrivent du Prozac. Je refuse d'avaler ça. Je n'ai rien contre les psys. Seulement, ceux de l'armée américaine ne me convainquent pas. Ce que j'attends de vous est différent.

Je veux exister pour vous. Est-ce prétentieux ? Je l'ignore. Si ça l'est, pardonnez-moi. C'est ce que je peux vous dire de plus vrai : je veux exister pour vous.

Sincèrement,

Melvin Mapple

Bagdad, le 31/03/2009

Melvin était loin d'être le premier à avoir besoin d'exister pour moi et à sentir qu'avec moi tout était possible. Néanmoins, il était rare que cela me soit dit si simplement et clairement.

Quand je reçois ce genre de propos, je ne sais pas très bien quel effet cela me fait : un mélange d'émotion et d'inquiétude. Pour comparer de tels mots à un cadeau, c'est comme offrir un chien. On est touché par l'animal, mais on pense qu'il va falloir s'en occuper et qu'on n'a rien demandé de pareil. D'autre part, le chien est là avec ses bons yeux, on se dit qu'il n'y est pour rien, qu'on lui donnera les restes du repas à manger, que ce sera facile. Tragique erreur, inévitable pourtant.

Je ne compare pas Melvin Mapple à un chien, c'est cette espèce de déclaration que j'y assimile. Il y a des phrases-chiens. C'est traître.

Cher Melvin Mapple,

Votre lettre me touche. Vous existez pour moi, n'en doutez pas. *De sang froid* est un chef-d'œuvre. Je n'ai sûrement pas le pouvoir de Truman Capote, mais vous, j'ai l'impression de vous connaître.

L'histoire de la bagarre et de ses conséquences est terrible et injuste. Je crois comprendre ce que vous ressentez. On exige de vous une grandeur d'âme dont les autres seraient incapables, comme si vous deviez vous faire pardonner votre obésité. Dites à Plumpy que je pense à lui.

Je ne sais pas si tout est possible avec moi, je ne vois pas ce que cela pourrait signifier. Je sais que vous existez pour moi.

Amicalement,
Amélie Nothomb
Paris, le 6/04/2009

En postant ce courrier, je songeai que la prudence n'avait jamais été mon fort.

Chère Amélie Nothomb,

Pardon, j'ai été maladroit dans ma dernière lettre. Ça a dû vous paraître bizarre de lire que tout était possible avec vous. Ce n'était pas dit dans un sens irrespectueux. Je n'ai jamais été doué pour exprimer mes sentiments, ça m'a déjà joué des tours. Merci de m'écrire que j'existe pour vous, c'est très important pour moi.

Vous voyez, j'ai ici une vie de merde. Si j'existe pour vous, c'est comme si j'avais une autre vie ailleurs : la vie que j'ai dans votre pensée. Ce n'est pas que je veux être imaginé par vous : je ne sais quelle forme prend votre pensée pour moi. Je suis une donnée dans votre cerveau : je ne tiens pas tout entier dans ce que j'incarne à Bagdad. Ça me console.

Votre courrier date du 6 avril. Dans le *New York Times* de la veille, j'ai lu votre éditorial sur la visite du président Obama chez vous : c'est drôle qu'on vous ait choisie pour représenter la France, vous qui êtes belge. Ça m'a impressionné de voir votre signature dans ce journal. Je l'ai montré aux copains, ils ont dit : « C'est celle avec qui tu corresponds ? » J'étais fier. J'aime bien votre article. Ce que vous avez écrit sur le président Sarkozy est rigolo.

Le 7 avril, les soldats anglais ont commencé à partir. On ne les connaissait pas. Il n'empêche qu'on en a gros sur la patate quand on voit que pour eux, ça se règle si vite. D'accord, on est plus nombreux, nous, les Américains. Mais qu'est-ce qu'on fait ici ? Parfois, je me dis que si j'ai tant grossi en Irak, c'était pour avoir une activité. Ça a l'air cynique d'écrire ça, je sais bien qu'on a fait des choses dans ce pays : on a tué beaucoup de gens, détruit des quantités d'infrastructures, etc. J'y ai participé, j'en ai d'affreux souvenirs. Je suis coupable, je ne cherche pas à me défiler. Et pourtant, je n'ai pas la sensation que c'est moi. J'en ai la conscience, la honte, la notion, tout ce que vous voulez, mais pas la sensation.

Qu'est-ce qui donne la sensation d'avoir accompli un acte ? À 25 ans, quand je dormais dehors, j'avais construit un genre de cahute dans une forêt, en Pennsylvanie. C'était ma réalisation, je me sentais relié à cette cabane. Je me sens tout pareil relié à ma graisse.

Peut-être la graisse est-elle le moyen que j'ai trouvé pour inscrire dans mon corps ce mal que j'ai fait et que je ne sens pas. C'est compliqué.

Bref, cette obésité est devenue mon œuvre. Je continue à y travailler avec ardeur. Je mange comme un fou. Parfois, je me dis que si ça fonctionne bien avec vous, c'est parce que vous ne m'avez jamais vu et surtout parce que vous ne m'avez jamais vu bâfrer.

De son vivant, Iggy déclarait que s'il avait tant grossi, c'était pour mettre un rempart entre lui et le monde. Pour lui, ce devait être vrai. La preuve, c'est que quand son rempart a disparu, il est mort. Nous avons tous des théories différentes sur notre graisse. Bozo dit que la sienne est méchante et qu'il veut en accumuler le plus possible pour ce motif. Je comprends ce qu'il veut dire. On emmerde les autres en leur infligeant le spectacle de notre obésité, c'est aussi simple que ça. Plumpy pense que son format lui sert à redevenir un bébé. C'est peut-être la sensation qu'il a. On n'ose pas lui dire qu'on n'a jamais vu un bébé aussi répugnant.

Moi, c'est encore autre chose. Quand j'écris que c'est mon œuvre, ce n'est pas une boutade. C'est là que vous pouvez me comprendre. Vous avez une œuvre : une œuvre, on ne sait pas ce que c'est. On lui consacre l'essentiel et pourtant, c'est un mystère pour nous. Là s'arrête la comparaison. Votre œuvre est quelque chose d'estimé, vous pouvez en être fière à juste titre. Mais si la mienne n'a rien d'artistique, elle a du sens. Bien sûr, ce n'est pas fait exprès, il n'y a aucune préméditation, on peut même dire que je crée contre mon gré. Et pourtant, il peut m'arriver, en mangeant comme un fou, d'éprouver cet enthousiasme qui est, je suppose, celui de la création.

Quand je me pèse, j'ai peur et j'ai honte car je sais que le chiffre, déjà effrayant, aura empiré. Cependant, chaque fois que le nouveau verdict apparaît, chaque fois que je franchis un seuil pondéral encore impensable, je suis consterné, certes, mais aussi impressionné : j'ai été capable de ça. Il n'y a donc pas de limite à mon expansion. Il n'y a pas de raison que ça s'arrête. Jusqu'où pourrai-je monter ? Je dis « monter » à cause du chiffre, or le verbe convient mal, car je grossis plutôt sur les côtés que vers le haut. « Enfler » doit être le verbe correct. Je prends de plus en plus de volume, comme si un big bang intérieur avait eu lieu lors de mon arrivée en Irak.

Parfois, après le repas, quand je m'affale sur une chaise (ils ont dû en commander en acier indéformable), je m'isole quelques instants dans ma pensée et je me dis : « Là, je dois être en train de grossir. Ma panse commence le boulot. » C'est fascinant d'imaginer la transmutation de la nourriture en ce tissu adipeux. Le corps est une sacrée machine. Je regrette de ne pas sentir le moment où les lipides se constituent, ça m'intéresserait.

J'ai déjà essayé d'en parler aux copains, ils m'ont répondu que c'était obscène. « Si ça vous dégoûte de grossir, arrêtez », j'ai dit. « Tu ne vas pas t'y mettre, toi aussi ! » ont-ils rétorqué. « Bien sûr que non, ai-je continué, mais puisque nous n'avons pas le choix, pourquoi ne pas grossir avec une curiosité joyeuse ? C'est une expérience, non ? » Ils m'ont regardé comme un dément.

Vous pouvez mieux me comprendre qu'eux, même si vous, vous créez exprès, dans l'orgueil, dans une sorte de transe mentale, même si vous vous relisez avec une passion que je pourrais difficilement éprouver en regardant mon ventre, vous avez, je le sais, ce sentiment constant que votre œuvre vous dépasse. Mais moi aussi, mon œuvre me dépasse.

Quand j'ai le courage de me regarder nu dans un miroir, je me force à dépasser l'horreur que m'inspire ce reflet et à penser : « C'est moi. Je suis à la fois ce que je suis et ce que je fais. Personne d'autre que moi ne peut se vanter d'un tel accomplissement. Mais est-ce que c'est vraiment moi qui ai fait ça tout seul ? Ce n'est pas possible. »

Aux dernières nouvelles, vous en étiez à votre 65e manuscrit. Vos livres ne sont pas épais, d'accord. Il n'empêche que quand vous regardez vos 65 œuvres, vous devez penser comme moi que ce n'est pas croyable que vous ayez produit tout ça toute seule. D'autant que ce n'est pas fini, que vous allez encore écrire.

J'espère que vous ne me trouvez pas cinglé ou inconvenant.

Sincèrement,
Melvin Mapple
Bagdad, le 11/04/2009

Je fus touchée, je l'avoue, de ce qu'il écrivit sur mon éditorial du *New York Times. « Vanitas vanitatum sed omnia vanitas. »* Pour le reste, même si je comprenais son propos, j'éprouvais un vague malaise à l'idée qu'il assimile mes enfants d'encre et de papier à son tas de gras. Ce qu'il y a d'orgueil en moi voulut protester que j'écrivais dans l'ascèse et dans la faim, qu'il me fallait racler au plus profond de mes forces pour parvenir à cet acte suprême, et que grossir, même en de si formidables proportions, devait être moins éprouvant.

Mais il était hors de question que je réponde de façon si peu aimable. Je préférai le prendre au pied de la lettre :

Cher Melvin Mapple,

J'en suis à présent à mon 66e manuscrit et je suis frappée par la pertinence de votre comparaison. En vous lisant, j'ai pensé à cette avant-garde de l'art contemporain qu'est le body art.

J'ai connu une jeune étudiante en art qui, à titre de travail de fin de cursus, avait décidé de faire de sa propre anorexie, qu'elle était en train de vivre, une œuvre : elle photographia patiemment son amaigrissement dans le miroir de sa salle de bains, nota les chiffres du poids sans cesse en baisse, les mit en parallèle avec les cheveux tombés qu'elle récolta, inscrivit la date de l'arrêt des règles, etc. Son mémoire, qui se passait de commentaire, se présentait sous la forme d'un syllabus intitulé « Mon anorexie » et ne comprenait que des photos, des dates, des chiffres de pesée, des poignées de cheveux, jusqu'à la fin qui, dans son cas, ne fut pas la mort, mais la page 100, puisque les travaux devaient comporter ce nombre de feuillets. Elle eut juste la force de soutenir le travail devant les professeurs qui lui attribuèrent la note la plus haute. Ensuite, elle entra en clinique. À l'heure qu'il est, elle va beaucoup mieux et je n'exclus pas la possibilité que son entreprise estudiantine y ait largement contribué. Les anorexiques ont besoin que leur mal soit non pas condamné, mais constaté. La jeune fille avait trouvé un moyen très ingénieux de le faire tout en réglant le problème toujours épineux du mémoire.

Mutatis mutandis, vous pourriez lui emboîter le pas. Je ne sais pas si jusqu'à présent vous avez photographié votre prise de poids, mais il n'est pas trop tard pour vous y mettre. Notez les chiffres et tous les symptômes physiques et mentaux de votre évolution. Vous avez sûrement des photos de vous du temps de votre minceur, que vous placeriez en début de carnet. Vous allez continuer à grossir, vous pourrez ainsi prendre des clichés de plus en plus impressionnants. Faites en sorte de repérer les parties de votre corps que l'embonpoint privilégie. Pour autant, ne négligez pas les zones plus défavorisées tels les pieds, si ces derniers ont sûrement moins enflé que le ventre ou les bras, votre pointure a dû augmenter elle aussi.

Voyez-vous, Melvin, vous avez raison : votre obésité est votre œuvre. Vous surfez sur la vague de la modernité artistique. Il faut intervenir dès maintenant car ce qui est passionnant dans votre démarche, c'est autant le processus que le résultat. Pour que les pontes du body art vous reconnaissent comme l'un des leurs, il faudrait peut-être également que vous notiez tout ce que vous mangez. Dans le cas de la jeune fille anorexique, le chapitre était plus simple : chaque jour, rien. Dans votre cas, cela risque d'être fastidieux. Ne vous découragez pas. Pensez à l'œuvre, qui est pour l'artiste l'unique raison d'être.

Amicalement,
Amélie Nothomb
Paris, le 21/04/2009

Au moment de poster ce pli, je ne savais pas quel était mon état d'esprit. J'aurais été incapable de préciser ce qui, dans mon courrier, relevait de la sincérité cordiale ou de l'ironie. Melvin Mapple m'inspirait du respect et de la sympathie, mais se posait avec lui le problème que j'ai avec 100 % des êtres, humains ou non : la frontière. On rencontre quelqu'un, en personne ou par écrit. La première étape consiste à constater l'existence de l'autre : il peut arriver que ce soit un moment d'émerveillement. À cet instant, on est Robinson et Vendredi sur la plage de l'île, on se contemple, stupéfait, ravi qu'il y ait dans cet univers un autre aussi autre et aussi proche à la fois. On existe d'autant plus fort que l'autre le constate et on éprouve un déferlement d'enthousiasme pour cet individu providentiel qui vous donne la réplique. On attribue à ce dernier un nom fabuleux : ami, amour, camarade, hôte, collègue, selon. C'est une idylle. L'alternance entre l'identité et l'altérité (« C'est tout comme moi ! C'est le contraire de moi ! ») plonge dans l'hébétude, le ravissement d'enfant. On est tellement enivré qu'on ne voit pas venir le danger.

Et soudain, l'autre est là, devant la porte. Dessaoulé d'un coup, on ne sait comment lui dire qu'on ne l'y a pas invité. Ce n'est pas qu'on ne l'aime plus, c'est qu'on aime qu'il soit un autre, c'est-à-dire quelqu'un qui n'est pas soi. Or l'autre se rapproche comme s'il voulait vous assimiler ou s'assimiler à vous.

On sait qu'il va falloir mettre les points sur les *i*. Il y a diverses manières de procéder, explicites ou implicites. Dans tous les cas, c'est un passage épineux. Plus des deux tiers des relations le ratent. S'installent alors l'inimitié, le malentendu, le silence, parfois la haine. Une mauvaise foi préside à ces échecs qui allègue que si l'amitié avait été sincère, le problème ne se serait pas posé. Ce n'est pas vrai. Il est inévitable que cette crise surgisse. Même si on adore l'autre pour de bon, on n'est pas prêt à l'avoir chez soi.

L'illusion serait de croire que l'échange épistolaire protégerait de cet écueil. C'est faux. Les autres ont tant de façons de débarquer chez vous et de s'imposer. Je ne compte plus les correspondants qui m'ont dit un jour qu'ils faisaient comme moi, qu'ils écrivaient comme moi. Melvin Mapple avait trouvé une manière singulière de s'assimiler à moi.

Les gens sont des pays. Il est merveilleux qu'il en existe tant et qu'une perpétuelle dérive des continents fasse se rencontrer des îles si neuves. Mais si cette tectonique des plaques colle le territoire inconnu contre votre rivage, l'hostilité apparaît aussitôt. Il n'y a que deux solutions : la guerre ou la diplomatie.

J'ai tendance à privilégier cette dernière. Pourtant, je ne savais pas si mon ultime lettre à Melvin était de cet ordre. Mon besoin de la lui envoyer l'emporta : sa réaction me renseignerait sur la nature de mon message.

Un courrier diplomatique, c'est un pléonasme. « Diplomate » a pour étymologie l'ancien grec *diploma*, « papier plié en deux », soit pli. La diplomatie a commencé par la correspondance. La lettre peut en effet être un moyen de dire aimablement les choses. D'où une contamination historique de ces deux pratiques : un diplomate écrit souvent beaucoup de missives et le genre épistolaire prend souvent des manières diplomatiques.

Plus que tous les autres écrits, le courrier s'adresse à un lecteur. Je me mis à attendre la réponse de ce dernier avec une angoisse diffuse. Bizarrement, ce n'était pas de l'impatience. Une absence de lettre eût été une réaction convenable.

Fatiguée de ma vie française, j'allai me reposer une semaine en Belgique. Pendant sept jours, je connus ce luxe invraisemblable : le zéro absolu épistolaire. Il en va du courrier comme de n'importe quoi : l'excès est aussi insupportable que la carence. J'ai connu plus qu'à mon tour ces deux extrêmes. Je crois que je préfère quand même l'excès, mais il n'en reste pas moins pénible. Le manque de courrier, qui fut le lot de ma longue adolescence, donne une impression de froid, de rejet, le sentiment terrible d'être une pestiférée. L'excès vous propulse dans une mare pleine de piranhas qui cherchent tous à vous dérober une bouchée. Le juste milieu, qui doit être bien agréable, m'est une *terra incognita*.

À cette impasse, je n'ai trouvé d'autre solution que la fuite. Le bon côté de l'affaire, c'est de vivre alors un bonheur dont les autres n'ont pas eu la révélation : la joie de ne pas recevoir de missive et l'ivresse de n'en pas écrire.

C'est une jubilation très particulière, pendant laquelle une petite voix démoniaque ne cesse de murmurer dans la tête : « Tu n'es pas en train d'ouvrir une enveloppe qui pèse une tonne, tu n'es pas en train de tracer les mots "Cher Machin", tu n'es pas dans l'échange… » La ritournelle de ce chuchotement intérieur multiplie le plaisir par quinze.

Les meilleures choses ont une fin. Le 29 avril, je repris le train pour Paris et, dès le 30 avril, je regagnai mon bureau. Un monceau d'enveloppes de tailles diverses le recouvrait.

Je respirai un grand coup et m'assis. Pour affronter l'ennemi, j'ai une méthode : je commence par trier. Je différencie les expéditeurs inconnus des connus et, parmi ceux-ci, je dispose à gauche ceux que je me réjouis de lire et à droite ceux qui s'annoncent fastidieux. Comme toujours, ces derniers envoient des courriers énormes. C'est une loi de la nature, dussé-je me répéter : la lettre désirée est courte, la missive indésirable est volumineuse. Cela se retrouve à tous les niveaux du désir : les mets de choix ne débordent pas de l'assiette, les grands crus sont servis de façon parcimonieuse, les êtres exquis sont sveltes, le tête-à-tête est la rencontre espérée.

Cette règle est si profonde qu'il est vain d'essayer de l'influencer. Combien de fois ai-je suggéré à des correspondants sympathiques mais gravement diserts de ne pas m'envoyer plus d'une page recto verso ? Combien de fois ai-je expliqué qu'ils m'apparaissaient alors sous leur meilleur jour ?

Après deux ou trois courriers où gentiment ils respectaient mon souhait, inexorablement revenait l'ajout, d'abord une simple carte postale, ensuite un feuillet supplémentaire, enfin les bonnes vieilles tartines beurrées qui étaient leur habitude et qui transforment une enveloppe en désolant sachet pique-nique. Le format, comme le style, c'est l'homme : on n'y peut rien, semble-t-il.

Moi non plus, je n'y puis rien, si mon désir va aux lettres simples plutôt qu'aux choucroutes garnies épistolaires. Je débute par celles-ci, dont je survole le contenu, pour savoir si je peux le lire sans vomir. Je garde pour la fin les courriers qui méritent ce nom, c'est-à-dire les missives brèves. C'est la politique du dessert.

Ce 30 avril, en effectuant mon tri, je reconnus une enveloppe d'Irak. Ce n'est pas que j'aie oublié Melvin Mapple, mais pendant une semaine il n'avait plus été parmi mes préoccupations. Je ressentis ce mélange de joie et d'accablement qu'il provoquait désormais en moi. Fidèle à ma technique, j'ouvris d'abord toutes les enveloppes avec des ciseaux. Cela me prit une heure. En premier, je lus la lettre du soldat américain :

Chère Amélie Nothomb

Merci pour votre lettre qui m'a enthousiasmé. Vous avez fait mieux que me comprendre, vous m'avez donné une idée géniale. Quel dommage que je ne vous aie pas écrit dès mon arrivée à Bagdad ! J'aurais photographié ma prise de poids dès le début et mon carnet d'obésité aurait été autrement spectaculaire. Mais vous avez raison, il n'est pas trop tard, et je possède quelques clichés du temps de mes 55 kilos, puis de mes 80 kilos, donc on aura quand même une impression d'évolution. Grâce à vous, maintenant, quand je me pèse le matin, je suis joyeux : il n'arrive jamais que je n'aie pas grossi. Bien sûr, il y a les bons jours et les mauvais jours : parfois, je n'ai grossi que de 100 grammes, mais parfois, j'ai engraissé d'un kilo en vingt-quatre heures et ça, c'est gratifiant.

Vous sembliez mal à l'aise en me suggérant de noter tout ce que je mangeais : vous aviez tort. À présent, je vais à table avec mon carnet et vous n'imaginez pas comme je m'amuse à inscrire tout ça. Les copains sont au courant et ils m'aident, ce qui n'est pas inutile, car on oublie toujours un petit truc comme un sachet de chips ou des cacahuètes. Ce projet artistique est devenu le nôtre : je ne suis pas seulement mon œuvre, je suis aussi l'œuvre des potes. Ils m'encouragent à bouffer, ils me photographient. J'avais redouté qu'ils me volent l'idée et qu'ils consacrent aussi des cahiers à leur propre obésité, j'avais tort : ça ne les tente pas. Ils n'ont pas cette conception esthétique, mais ils applaudissent à la mienne. Mon surnom, c'est Body Art. J'adore.

Je n'ai pas caché que cette idée venait de vous, ça les a impressionnés. Qui d'autre que vous y aurait pensé ? Il fallait non seulement être écrivain, mais être *cet* écrivain. Vous savez, j'ai beaucoup lu dans ma vie, j'ai, comme on dit, fréquenté pas mal d'auteurs, en lisant leurs œuvres complètes, et je peux vous l'assurer : c'est une idée à la Amélie Nothomb.

Merci. Grâce à votre dernière lettre, vous m'avez aidé à trouver un sens à mon existence. Il me semble que ce devrait être le but de tout écrivain. Vous méritez d'exercer ce beau métier. Quand je vous ai dit que mon obésité était mon œuvre, j'ai cru que vous alliez vous moquer de moi. Or non seulement vous ne l'avez pas fait, mais vous m'avez donné le moyen d'accomplir et de partager mon rêve. Sans ce carnet que vous m'avez conseillé de réaliser, comment aurais-je pu expliquer ma démarche à autrui ?

C'est d'autant plus important que mon art a une signification politique. Rien de moins gratuit que mon obésité, qui inscrit dans le corps mon engagement : il s'agit d'exprimer à la face du monde l'horreur sans précédent de cette guerre. Il y a une éloquence de l'obésité : mon volume donne une idée de l'ampleur des dégâts humains dans les deux camps. Il dit aussi l'improbable retour à un semblant de normalité : à supposer qu'il soit possible de perdre plus de 100 kilos, cela prendrait un temps fou et coûterait des efforts infinis. Et comment est-on après la fonte ? On doit avoir la peau flasque et pendouillante comme celle d'un vieillard. Sans parler des inévitables rechutes, car on ne guérit pas d'une addiction aussi sévère.

Toutes les guerres modernes ont laissé des traces ineffaçables de part et d'autre ; parmi les nuisances durables occasionnées par la guerre d'Irak, l'obésité sera, je pense, la plus emblématique. Le gras humain sera à George W. Bush ce que le napalm fut à Johnson.

Aucune justice ne sera rendue à personne. Mais qu'au moins l'accusation soit clamée. Pour cela, rien de tel qu'une œuvre d'art. Au pays, avec les copains, on trouvera facilement un moyen d'attirer l'attention des médias et, pourquoi pas, des galeristes. D'où l'intérêt de ne pas maigrir. Ça tombe bien, nous n'en avions pas l'intention.

Sincèrement,

Melvin Mapple

Bagdad, le 26/04/2009

Cette lettre me plongea dans la consternation. Le début me gêna : il est inconfortable de se voir adresser des éloges et des remerciements chaleureux qu'on n'estime pas mérités. Si je n'avais certes pas écrit mon précédent courrier avec cynisme, je me rappelais néanmoins son ironie. Celle-ci n'avait visiblement pas été captée par le soldat. Malaise.

Les choses empiraient ensuite. C'est qu'il y croyait à fond à son projet artistique. Moi, je m'étais contentée de lui raconter la réalisation de cette jeune fille anorexique : c'était une histoire vraie, mais ce n'était jamais qu'un mémoire de fin d'études. Melvin Mapple, lui, ne semblait pas douter un instant de son statut d'œuvre d'art et, plus grave, de son succès imminent en tant que tel. « On trouvera facilement un moyen d'attirer l'attention des médias » – j'avais envie de lui demander ce qui lui permettait d'en être si sûr – « et, pourquoi pas, des galeristes » – mon pauvre Melvin, dans quel monde vivait-il ?! Ces certitudes optimistes si typiques de l'ignorance m'étreignaient le cœur.

Enfin, le pompon : la résolution de ne pas maigrir. Je fournissais à cette bande d'obèses le prétexte qu'ils cherchaient pour se confiner dans leur gras. Ils allaient en crever. Et ce serait ma faute.

Je relus la missive. Mapple délirait complètement. « Le gras humain sera à George W. Bush ce que le napalm fut à Johnson » : l'indécence et l'ineptie de la comparaison sautaient aux yeux. La graisse des soldats concernait le camp américain et disparaîtrait avec eux, quand le napalm avait été déversé sur la terre envahie et pourrirait encore longtemps l'existence des civils.

Si Melvin était un artiste, je l'avais privé d'une qualité essentielle à l'art : le doute. Un artiste qui ne doute pas est un individu aussi accablant qu'un séducteur qui se croit en pays conquis. Derrière toute œuvre, se cache une prétention énorme, celle d'exposer sa vision du monde. Si une telle arrogance n'est pas contrebalancée par les affres du doute, on obtient un monstre qui est à l'art ce que le fanatique est à la foi.

À ma décharge, il fallait dire que si le cas Mapple défiait les comparaisons, il n'était pas rare que des gens m'envoient des échantillons de leur travail : une page d'écriture, un dessin, un CD. Quand j'en avais le temps, je répondais très simplement ce que j'en pensais. Il y a toujours moyen d'être sincère sans être désagréable. Mais ce que Melvin m'avait soumis, c'était son propre corps. Comment s'exprimer à ce sujet avec le détachement voulu ?

Je ne récusais pas le fond de ce que je lui avais écrit. Là où le bât blessait, c'est que le soldat comptait désormais sur la reconnaissance publique de son art.

Je décidai d'être pragmatique et je dédramatisai la situation. Après tout, Melvin Mapple ne serait pas le premier aspirant à se confronter à la dure réalité du marché de l'art. S'il avait envie de tenter l'expérience, pourquoi l'en dissuader ? Il n'y avait pas de raison que je prenne sa déception future tellement à cœur. Dans l'état actuel des choses, il était pour longtemps encore à Bagdad, où il ne serait sûrement pas assez dingue pour aller démarcher les galeristes irakiens. Quand il rentrerait aux États-Unis, il serait toujours temps de se préoccuper de son projet, à supposer qu'il n'y ait pas renoncé dans l'intervalle. Un peu rassérénée, je lui écrivis :

Cher Melvin Mapple,

Je suis heureuse de vous voir si enthousiaste. Prenez soin de vous, quand même. Vous ne me parlez plus de Schéhérazade. Comment va-t-elle ? Ma lettre sera courte, j'ai beaucoup de courrier en retard.

Amicalement,
Amélie Nothomb
Paris, le 30/04/2009

Je postai ce pli avec la satisfaction de qui a trouvé le ton juste, la distance idéale entre la froideur et la ferveur. Si le soldat avait perdu le doute, c'est que telle était sa pente naturelle : m'en incriminer était absurde et typique de ma tendance à m'attribuer toutes les culpabilités de l'univers.

Rien de tel pour se changer les idées que de lire la missive d'une inconnue : je découvris l'existence d'une comédienne germanopratine qui m'avait écrit le

23 avril. Elle disait m'avoir vue en larmes le 15 avril à la station de métro Odéon. Ce spectacle l'avait bouleversée et pourtant elle n'avait pas osé venir me parler. C'était la première fois qu'elle me voyait et c'était ainsi qu'elle m'imaginait. Elle se sentait très proche de moi et me demandait de créer un texte pour elle, qu'elle déclamerait sur les planches et qui transcenderait cette souffrance. Quelques photos d'elle appuyaient sa requête.

Je m'abîmai dans la contemplation des photographies, non sans m'interroger sur mes pleurs du 15 avril à la station Odéon : qu'est-ce qui m'avait pris d'aller sangloter là ? Je sondai mes souvenirs à la recherche d'une cause de désespoir à la mi-avril quand soudain l'évidence me tomba dessus : la pleureuse qu'elle avait vue dans le métro n'était pas moi. Cette comédienne m'avait reconnue dans une inconnue qui sanglotait à Odéon. Pour d'obscurs motifs, c'était ainsi qu'elle m'imaginait. La psychanalyste de bazar qui sommeille en moi suggéra que cette Germanopratine avait aperçu son propre visage en larmes dans un reflet de vitre lors du passage de sa rame à la station Odéon et que, n'ayant pu capter son identité, elle l'avait attribuée à un ectoplasme auquel elle avait donné mon nom.

Pourquoi moi ? Allez savoir. Je vais écrire une chose grave et vraie : je suis cet être poreux à qui les gens font jouer un rôle écrasant dans leur vie. Nous avons tous une dimension narcissique et il serait plaisant de m'expliquer ces phénomènes récurrents par ce qu'il y a en moi d'extraordinaire, mais rien en moi n'est plus extraordinaire que cette malheureuse porosité dont je soupçonne les ravages. Les gens sentent que je suis le terreau idéal pour leurs plantations secrètes : Melvin Mapple a trouvé dans ma terre de quoi nourrir ses fantasmes d'artiste, la comédienne pleure ses salades dans mon potager où germent les larmes, vous n'avez pas idée des nuées de graines que les foules jettent vers mon pré carré. Cela m'émeut sans me réjouir, car je sais la responsabilité que l'on m'impute en cas d'échec de ces projets personnels dont j'ignore la nature.

Je répondrais à la comédienne dans un mois environ, délai habituel que j'aurais été mieux inspirée de respecter avec Melvin Mapple. Tant et tant d'autres lettres encore. Qu'on ne s'y trompe pas : j'adore ça. J'aime follement lire le courrier et en écrire, surtout avec certaines personnes. Seulement, il faut parfois que je me désintoxique pour mieux en apprécier la pratique.

Comment réagir quand une quarantaine d'épîtres requièrent votre attention ? Le tri. Par exemple, je ne lirais pas les 35 copies que m'avait envoyées cette professeur de français qui comptait sur moi pour corriger les devoirs de sa semaine. « Mes élèves vous ont lue, vous leur êtes donc redevable », m'écrivait l'enseignante pour qui de telles aberrations avaient du sens.

L'après-midi, je bus une Grimbergen en m'imprégnant profondément de la substance des missives nombreuses que j'avais gardées pour la bonne bouche. Je goûtais le plaisir de mon appétit restauré. La faim épistolaire est un art, je prétends y exceller.

Le lendemain eurent lieu plusieurs événements planétaires dont les journaux ne parlèrent pas. Ils évoquèrent avec raison une pandémie : la presse choisit bien les actions et mal ses sujets. Une épidémie sévissait en effet, mais de risques grands et beaux, de succès.

La vie reprit son cours parisien. C'est sous le règne de Louis XIV que parut *La Princesse de Clèves* : l'absolu du raffinement malgré le pouvoir absolu. Ce livre raconte une histoire qui aurait eu lieu cent vingt ans plus tôt. Plus personne ne remarque ce gigantesque écart d'époque. Ce vertige si peu perceptible signale le chef-d'œuvre. Les Chinois qui habitent la France n'y sont pas plus étrangers que moi. Je n'ai pas fini de m'extasier de ce pays, qui plus que jamais est celui de *La Princesse de Clèves*.

Je calculai que Melvin Mapple recevrait ma lettre le 4 mai. Cela ne m'obséda pas. C'est ainsi qu'il faut procéder. Si l'on suit mentalement le parcours d'un courrier, d'une manière ou d'une autre, il ne sera pas reçu. Il faut laisser le destinataire faire son travail. L'expérience enseigne qu'aucune épître n'est prise comme on l'imagine : alors, autant ne rien imaginer.

Je suis épistolière depuis bien plus longtemps que je ne suis écrivain et je ne serais probablement pas devenue écrivain – en tout cas, pas cet écrivain – si je n'avais été d'abord, et si assidûment, épistolière. Dès l'âge de six ans, sous la contrainte parentale, j'ai écrit une lettre par semaine à mon grand-père maternel, un inconnu qui vivait en Belgique. Mon frère et ma sœur aînés furent soumis au même régime. Nous devions chacun remplir de mots une feuille A4, à l'adresse de ce monsieur. Il répondait une page à chaque enfant. « Raconte ce qui t'est arrivé à l'école », suggérait ma mère. « Ça ne va pas l'intéresser », rétorquais-je. « Ça dépend de ta façon de le dire », expliquait-elle.

Je me cassais la tête avec ça. C'était un cauchemar pire que les devoirs scolaires. À la place du vide du papier, il fallait que je trace des phrases susceptibles d'intéresser l'aïeul lointain. C'est le seul âge où j'aie connu l'angoisse de la page blanche, mais il a duré des années d'enfance, c'est-à-dire des siècles.

« Commente ce qu'il t'écrit », conseilla un jour ma mère qui me voyait sécher. Commenter signifiait décrire le propos de l'autre. À la réflexion, c'était ce que le grand-père faisait : ses lettres commentaient les miennes. Pas bête. Je l'imitai. Mes missives commentèrent son commentaire. Et ainsi de suite. C'était un dialogue bizarre et vertigineux, mais qui ne manquait pas d'intérêt. La nature du genre épistolaire m'apparut : c'était un écrit voué à l'autre. Les romans, les poèmes, etc., étaient des écrits dans lesquels l'autre pouvait entrer. La lettre, elle, n'existait pas sans l'autre et avait pour sens et pour mission l'épiphanie du destinataire.

De même qu'il ne suffit pas d'écrire un livre pour être écrivain, il ne suffit pas d'écrire du courrier pour être épistolier. Je reçois très souvent des missives dans lesquelles le destinataire a oublié ou n'a jamais su qu'il s'adressait à moi ou à quelqu'un. Ce ne sont pas des lettres. Ou alors, j'écris une lettre à quelqu'un et cette personne m'envoie une réponse qui n'est pas une réponse, non que je lui aie posé une question, mais parce que rien dans son propos ne signale qu'il a lu le mien. Ce n'est pas une lettre. Avoir du répondant n'est pas donné à tout le monde, certes ; il n'empêche que cela s'apprend et que beaucoup de gens y gagneraient.

Chère Amélie Nothomb,

Merci pour vos encouragements du 30 avril.

Schéhérazade va bien, ne vous inquiétez pas. Si je ne vous parle plus d'elle, c'est parce que rien n'a changé de ce côté-là.

Nous avons reçu des nouvelles de quelques soldats qui étaient rentrés au pays il y a deux mois. Elles sont alarmantes. Les maux psychologiques et physiques dont ils souffraient ici, loin de s'atténuer, ont empiré. Des médecins les surveillent en leur parlant de leur réinsertion : ils n'emploieraient pas un mot différent si nous sortions de prison. Et il semblerait que les ex-tôlards se réinsèrent mieux. Ils sont moins étrangers que nous ne le sommes devenus.

Personne n'est assez fou pour vouloir revenir en Irak, mais les gars disent que leur vie n'est plus aux U.S.A. Le malheur est qu'ils n'ont nulle part d'autre où aller. D'ailleurs, le problème n'est pas le lieu. Ils disent qu'ils ne savent plus comment vivre, qu'ils ne savent plus vivre. Six années de guerre ont effacé tout ce qui précédait. Je comprends.

Je pense vous avoir écrit à plusieurs reprises que je souhaitais rentrer en Amérique. À présent, je me rends compte que je vous disais ça comme une évidence, mais que je n'y avais jamais vraiment réfléchi. Que vais-je retrouver au pays ? Rien ni personne, à part l'armée. Mes parents ont honte de moi. J'ai perdu la trace de ceux qui furent mes amis, à supposer qu'une misère partagée constitue une amitié digne de ce nom. Et n'oublions pas le détail de mon poids. A-t-on envie de revoir des gens quand on a grossi de 130 kilos ? 130 kilos ! Si je pesais 130 kilos, je serais déjà obèse. Or je ne pèse pas 130 kilos, j'ai enflé de 130 kilos ! C'est comme si j'étais devenu trois personnes.

J'ai fondé une famille. Schéhérazade et moi, nous avons eu un enfant. Tout cela serait charmant si je ne constituais pas cette famille à moi seul. Salut les gars, je vous présente ma femme et mon gosse, ils sont bien au chaud, c'est pour ça que vous ne pouvez pas les admirer, j'ai préféré les garder en moi, c'est plus intime, c'est plus facile aussi pour les protéger et pour les nourrir, je ne vois pas ce qui vous étonne, il y a des femmes qui allaitent leurs enfants, moi j'ai décidé d'alimenter ma famille de l'intérieur.

Bref, pour la première fois, je découvre que je n'ai pas envie de rentrer. Je déteste être ici, mais j'y ai quand même un cadre de vie et des relations humaines. Et surtout, en Irak, on sait qui je suis. Je ne veux pas connaître l'expression de mes parents quand ils me découvriront, je ne veux pas entendre ce qu'ils diront.

Ce qui me sauve, encore une fois, c'est mon projet artistique. Je ne vous remercierai jamais assez pour ça. C'est la seule dignité qui me reste. Vous croyez que mon père et ma mère comprendront ? Bon, je ne devrais pas me poser cette question. On n'est pas artiste pour être compris de ses parents. Il n'empêche que j'y pense.

J'ai peur qu'ils se moquent de moi. Si j'avais un agent, ou quelqu'un de ce genre, je me sentirais moins ridicule. Il n'y a pas longtemps, vous étiez aux États-Unis, auriez-vous rencontré là-bas des gens qui pourraient m'aider ? Connaîtriez-vous une galerie d'art, à New York ou à Philadelphie ? Ou une personne influente au *New York Times* ? Désolé de vous embêter avec ça. Je ne sais à qui d'autre le demander.

Sincèrement,
Melvin Mapple
Bagdad, le 4/05/2009

Je haussai les yeux au ciel. Le soldat n'était jamais que le 2 500e à s'imaginer que j'appartenais à un réseau de relations publiques à échelle mondiale et dans tous les domaines. Tant de gens voient en moi la personne providentielle qui va pouvoir les introduire dans les milieux les plus sophistiqués ou les présenter à des êtres inaccessibles. Une bonne sœur belge m'a un jour écrit pour me dire qu'elle voulait rencontrer Brigitte Bardot : non seulement sa requête lui paraissait très naturelle, mais il allait de soi, aux yeux de cette religieuse, que j'étais la personne à contacter pour la réalisation de son rêve. (J'ai déjà reçu des lettres d'individus me priant de les recommander auprès d'Amélie Mauresmo, de Sharon Stone et de Jean-Michel Jarre. J'aimerais comprendre.)

Qu'on me prête ce carnet d'adresses m'agace ; qu'on ne cesse de me demander des services énormes me sidère. Je n'oserais pas, moi, faire de telles requêtes à quiconque ; je n'y penserais même pas. Confondre une chose aussi bon enfant que le courrier des lecteurs avec une agence de placement, ou avec du clientélisme, est d'un singulier mauvais goût.

J'aimais bien Melvin Mapple, je le trouvais différent. Le voir adopter des manières aussi communes me navra. Au moins se déclarait-il désolé de m'embêter avec ça. Voilà qui me changeait de certaines formules ahurissantes comme : « J'ai pensé que ça vous amuserait de m'aider », ou du non moins authentique : « Appuyer ma démarche pourrait donner un sens à votre vie. »

Quand ce moment d'humeur fut passé, je pris conscience de la dimension inquiétante de cette lettre. Le soldat me signifiait que si son statut d'artiste n'était pas reconnu, il refuserait de rentrer aux États-Unis. En avait-il le droit ? Heureusement, il me sembla que non. D'autre part, à partir de quel moment se considérerait-il comme un artiste reconnu ? J'ai remarqué que les critères de reconnaissance varient formidablement d'un individu à l'autre. D'aucuns se tiennent pour des artistes reconnus si leur voisin de palier le leur a dit ; il en est pour qui, en deçà du prix Nobel, aucune reconnaissance n'est valable. J'espérais que Melvin Mapple appartiendrait à la première catégorie.

Moi qui avais d'abord pensé refuser sa demande, j'envisageai soudain la situation d'une manière plus amusante. En Amérique, je ne connaissais personne dans le milieu artistique. En Europe, je connaissais quelques galeristes, à Paris et à Bruxelles. Les Parisiens seraient difficiles à ambiancer pour une pareille bizarrerie, ainsi que la plupart des Bruxellois, mais je pensais à une vague galerie (plus bar à bière que galerie, à la vérité) du quartier des Marolles, dont le patron était un copain et s'appelait Cullus. Je lui téléphonai aussitôt en lui expliquant qu'il pouvait servir une cause importante : un soldat américain basé à Bagdad faisait le contraire de la grève de la faim, disons la grève de la satiété, en protestation contre l'intervention militaire en Irak et considérait son obésité comme une sorte de body art engagé. Il ne manquait à sa reconnaissance que la caution d'une galerie d'art sur cette planète. Pure formalité, car il allait de soi, hélas, que le soldat ne pourrait s'exposer dans toute son ampleur à Bruxelles. Il avait besoin d'un nom de galerie à mettre sur son dossier, comme un écrivain a besoin du nom d'un éditeur pour se sentir exister. Cullus accepta la proposition avec enthousiasme et me demanda de lui épeler l'identité du soldat pour l'ajouter à son catalogue. Je m'exécutai en réprimant une envie de rire parce que le catalogue en question était une ardoise sur laquelle la liste des bières était inscrite à gauche et la liste des artistes à droite. Cullus me pria de lui envoyer une photo de Mapple pour son book et nous prîmes congé.

Enchantée, j'écrivis à l'Américain :

Cher Melvin Mapple,

Je ne connais pas de galeriste dans votre pays, mais j'en connais dans le mien. Excellente nouvelle : la célèbre galerie Cullus de Bruxelles a accepté avec joie de vous inscrire à son catalogue. Je me doute qu'il vous sera impossible d'aller là-bas, même si Cullus serait sûrement ravi de vous rencontrer et de vous exposer. Peu importe : ce qui compte, c'est que vous pouvez à présent vous réclamer d'un galeriste, ce qui vous donne le statut officiel d'artiste. N'est-ce pas merveilleux ? Vous allez pouvoir rentrer aux États-Unis la tête haute, sans rougir de votre obésité et même fier d'elle, puisqu'elle est votre œuvre reconnue.

Je pense comprendre la difficulté, voire l'impossibilité, du retour aux U.S.A. Mais ce problème concerne désormais plus vos amis que vous. Je ne prétends pas que vous allez vivre un conte de fées. Il n'empêche que vous, vous aurez cette justification qui manque si gravement aux soldats dont vous m'avez parlé. Bravo !

Amicalement,
Amélie Nothomb
Paris, le 9/05/2009

Cette histoire me mit de bonne humeur. Je tiens à préciser qu'il n'y avait pas l'ombre d'un cynisme ni même d'une ironie dans ma démarche. Si Cullus des Marolles n'était pas Perrotin du Marais, il n'en était pas moins un galeriste digne de ce nom. J'avais qualifié sa galerie de célèbre parce que, en effet, elle avait sa notoriété à Bruxelles. Et je ne trouvais rien de déshonorant au fait qu'elle vende d'abord de la bière : il y a plus de buveurs de bière que d'acheteurs d'art contemporain, c'est ainsi. Pour ma part, quand je vais chez Cullus, c'est pour sa blanche, mais quand je la siffle, j'en profite pour regarder ce qu'il expose, je contemple d'ailleurs avec d'autant plus d'intensité que j'ai du plaisir à boire.

Je sais que toutes les autres galeries d'art considéreraient Cullus comme un rigolo qui n'avait rien à voir avec leur confrérie. Ce n'est pas mon avis et ce n'aurait sans doute pas été non plus l'avis de Melvin Mapple. J'éprouvai donc le contentement de qui a mis en relation deux êtres faits pour se rencontrer.

Soudain, je me rappelai que j'avais oublié un détail. Heureuse de ne pas avoir fermé l'enveloppe, j'ajoutai ce P.-S. :

Le galeriste Cullus souhaiterait avoir une photo de vous tel que vous êtes maintenant. Envoyez-la-moi, je transmettrai.

Nous étions samedi, je me hâtai de poster le pli avant la dernière levée de midi.

La semaine suivante, je reçus un étudiant hongrois qui me consacrait une thèse à l'université de Budapest ; il parlait un français extrêmement étrange qui me donna l'agréable impression d'être voïvodine ou archimandrite. Les pays de l'Est sont excellents pour l'ego, je l'ai souvent remarqué.

Je rencontrai une jeune romancière de talent que je désirais connaître depuis des années. Hélas, elle était tellement chargée en Xanax que la communication fut brouillée. Alors qu'elle était en face de moi, je sentais que mes paroles devaient traverser plusieurs univers pour parvenir jusqu'à son cerveau. Elle finit par s'en expliquer :

— Je n'arrive pas à diminuer mes doses de calmants.

— N'est-ce pas dangereux ? demandai-je, consciente de la stupidité de ma question.

— Bien sûr. Je ne peux pas m'en passer. Vous faites comment, vous, pour supporter toute cette pression ?

— Je ne sais pas.

— Vous ne trouvez pas que c'est épouvantablement stressant d'être romancière ?

— Si. Je suis épouvantablement stressée.

— Pourquoi ne prenez-vous pas de calmants, alors ? Vous pensez que la souffrance est un truc nécessaire, c'est ça ?

— Non.

— Pourquoi acceptez-vous de souffrir, en ce cas ?

— Je suppose que je ne veux pas endommager mon cerveau.

— Vous croyez donc que j'endommage le mien ?

— Je n'en ai aucune idée.

— Vous ne pensez pas que la souffrance endommage davantage votre cerveau ?

— Il ne faut pas exagérer. Écrire est quand même d'abord une jouissance. Ce qui fait souffrir, c'est l'angoisse qui y est liée.

— D'où la nécessité des calmants.

— Je ne suis pas sûre. Sans angoisse, pas de plaisir.

— Mais si. Essayez le plaisir sans angoisse.

— Vous avez signé un contrat avec l'industrie pharmaceutique ?

— Bon. Angoissez-vous, si ça vous plaît. Je constate que vous n'avez pas répondu à ma question. Comment supportez-vous ce stress ?

— Mal.

— J'aime mieux ça.

Elle était marrante. Malgré la sympathie qu'elle m'inspirait, je me rendais compte que j'aurais préféré une lettre d'elle à sa présence. Est-ce une pathologie due à l'hégémonie du courrier dans ma vie ? Rares sont les êtres dont la compagnie m'est plus agréable que ne le serait une missive d'eux – à supposer, bien sûr, qu'ils possèdent un minimum de talent épistolaire. Pour la plupart des gens, un tel constat constitue l'aveu d'une faiblesse, d'un déficit énergétique, d'une incapacité à affronter le réel. « Vous n'aimez pas les personnes en vrai », m'a-t-on déjà sorti. Je m'insurge : pourquoi les individus seraient-ils forcément plus vrais quand on les a en face de soi ? Pourquoi leur vérité n'apparaîtrait-elle pas mieux, ou tout simplement différemment, dans l'épître ?

La seule certitude, c'est que cela dépend des êtres. Il y a des gens qui gagnent à être côtoyés et d'autres qui gagnent à être lus. De toute façon, même quand j'aime quelqu'un au point de vivre avec lui, j'ai besoin qu'il m'écrive aussi : un lien ne me paraît complet que s'il comporte une part de correspondance.

Il y a des personnes que je connais uniquement par l'épistolaire. Certes, je serais curieuse de les voir, mais c'est loin d'être indispensable. Et les rencontrer ne serait pas inoffensif. En cela, la correspondance rejoint cette importante question littéraire : faut-il rencontrer les écrivains ?

Il n'existe pas de réponse parce qu'il en existe trop. Il est incontestable que quelques auteurs nuisent gravement à leur œuvre. J'ai discuté avec des gens qui avaient rencontré Montherlant et le regrettaient : un homme m'a dit que suite à une brève conversation avec cet écrivain, il n'avait plus jamais été capable de lire cette œuvre qu'il admirait, tant l'individu l'avait dégoûté. À côté de cela, on m'a affirmé que la prose de Giono était encore plus belle si on avait eu le bonheur de le côtoyer. Et puis il y a ces auteurs que l'on n'aurait pas songé à lire si on ne les avait pas rencontrés, sans oublier les plus nombreux, ceux dont la présence nous indiffère en proportion de leurs livres.

Avec les correspondants règne une identique absence de loi. Mais ma tendance naturelle me pousserait à ne pas les rencontrer, moins par prudence que pour ce motif sublimement exprimé dans une préface proustienne : la lecture permet de découvrir l'autre en conservant cette profondeur que l'on a uniquement quand on est seul.

Et je trouvais en effet que cette jeune romancière aurait mérité de me connaître dans mon état plus intéressant de solitude. L'inverse aurait sans doute été vrai également : son prosélytisme pharmaceutique m'avait quelque peu traumatisée.

Quand arriva la nouvelle lettre de l'Américain, je ne me rappelais plus que je lui avais demandé une photo. Je pris le cliché en pleine figure : on y voyait une chose nue et glabre, tellement énorme qu'elle débordait du cadre. C'était une boursouflure en expansion : on sentait cette chair en continuelle recherche de possibilités inédites de s'étendre, d'enfler, de gagner du terrain. La graisse fraîche devait traverser des continents de tissus adipeux pour s'épanouir à la surface, avant de s'encroûter en barde de rôti, pour devenir le socle du gras neuf. C'était la conquête du vide par l'obésité : grossir annexait le néant.

Le sexe de cette tumeur n'était pas identifiable. Alors que l'individu se tenait debout face à l'objectif, l'ampleur des bourrelets cachait les parties génitales. Les seins gigantesques suggéraient une femme mais, noyés parmi tant d'autres replis et protubérances, ils perdaient leur impact de mamelles pour s'assimiler à des pneus.

Il me fallut un certain temps pour me souvenir que cette efflorescence était humaine et qu'il s'agissait de mon correspondant, le 2e classe Melvin Mapple. J'ai vécu plus qu'à mon tour l'expérience toujours étonnante qui consiste à mettre un visage sur une écriture : dans le cas du soldat, il allait être difficile d'isoler du corps le visage poldérisé par la graisse. Déjà, il n'avait plus de cou, car l'isthme censé relier la tête au tronc ne présentait pas le caractère d'étroitesse relative qui permet d'identifier ce segment. Je songeai qu'il eût été impossible de guillotiner cet homme, ou même simplement de lui imposer le port d'une cravate.

Tel que je le découvrais, Melvin Mapple avait encore des traits, mais on ne pouvait plus les qualifier : on ne pouvait dire s'il avait le nez busqué ou retroussé, la bouche grande ou petite, les yeux ceci ou cela ; on pouvait dire qu'il avait un nez, une bouche et des yeux, et c'était déjà quelque chose – on ne pouvait en dire autant du menton, disparu depuis longtemps. On sentait avec angoisse que viendrait un moment où ces éléments de base s'enliseraient eux aussi et ne seraient plus visibles. Et l'on se demandait comment cet être vivant ferait alors pour respirer, pour parler et pour voir.

Les yeux évoquaient les points de renfoncement d'un fauteuil capitonné : censés être le miroir de l'âme, on n'y lisait rien d'autre qu'un effort pour se frayer un passage jusqu'au monde extérieur. Le nez, virgule de cartilage dans un océan de chair, possédait ses narines comme un trésor précaire : un jour, cette prise de courant serait absorbée par la maçonnerie de la graisse. Il fallait espérer que l'individu pourrait alors respirer par la bouche, qui tiendrait sans doute jusqu'au bout, elle, animée par la force de survie des assassins.

Difficile en effet de regarder ce qui restait de cette bouche sans penser que c'était elle la responsable, que c'était cet orifice infime qui avait livré passage à cette invasion. Nous savons tous que c'est le cerveau qui commande et pourtant, quand nous rencontrons un sculpteur, nous observons ses mains, quand nous fréquentons un parfumeur, nous guettons son nez, et les jambes de la danseuse nous obnubilent plus que sa tête. Les lèvres de Melvin Mapple avaient bel et bien été les pionnières de cette suffocante expansion dans l'espace, ses dents avaient commis cet acte volontaire de mâcher tant de nourriture. Cette bouche fascinait comme fascinent les grands meurtriers de l'Histoire.

J'avais connu cet homme par correspondance. Ses phalanges paraissaient microscopiques au bout de ses bras hypertrophiés et je mesurais combien un tel volume de graisse devait gêner l'écriture. Celle-ci avait dû traverser tant de chair pour me parvenir. La distance entre l'Irak et la France me semblait moins formidable que celle séparant le cerveau du soldat de sa main.

Le cerveau de Melvin Mapple : comment n'y pas songer ? La matière grise est constituée essentiellement de gras ; en cas d'amaigrissement excessif, la cervelle subit des séquelles. Qu'arrive-t-il dans le cas inverse ? Le cerveau grossit-il aussi, ou devient-il simplement encore plus gras ? Si oui, en quoi cela change-t-il la pensée ? L'intelligence d'un Churchill ou d'un Hitchcock n'avait pas pâti de l'obésité de leur propriétaire, certes, mais nul doute que se trimbaler tant de poids influe d'une manière ou d'une autre sur le mental.

C'était la première fois que je mettais tellement de temps avant de lire ce qu'il m'écrivait :

Chère Amélie Nothomb,

Merci pour la grande nouvelle que vous m'annoncez ! Je suis fou de joie que la célèbre galerie Cullus de Bruxelles m'ait inscrit à son catalogue et je mesure ce que je vous dois dans cette affaire. Ici, j'ai déjà prévenu tout le monde : c'est un événement. Je vous envoie ci-joint la photo.

Je me sens désormais un artiste reconnu. En tant que tel, je n'éprouve aucune gêne à l'idée de vous montrer la photo. Sans cela, j'aurais eu trop honte que vous découvriez mon apparence. À présent, je me dis que c'est de l'art, alors je suis fier.

J'espère que la photo convient : elle date d'il y a deux semaines. Transmettez ma gratitude au galeriste belge. Encore merci.

Sincèrement,
Melvin Mapple
Bagdad, le 14/05/2009

Une telle attitude était bien américaine : tout collait pourvu que ce fût officiel et clair. La proclamation du phénomène éliminait jusqu'à la possibilité d'une gêne. Si j'appréciais que Melvin n'ait aucun complexe, je me sentais malgré tout un peu mal à l'aise de cet étalage.

Et je me reprochais cette pudibonderie européenne. Après tout, il était content : c'était ce qui importait.

Néanmoins, je ne pus m'empêcher de mettre en regard l'image et l'écriture : dans ma main gauche, la photo, dans la droite, la lettre. Mes yeux passèrent de l'un à l'autre comme pour me persuader que ce message humain provenait bel et bien de ce pudding – et que toutes ces missives qui m'avaient émue ces derniers mois émanaient de cette tonne. Cette pensée me plongea dans une perplexité dont je rougis. Pour y couper court, je glissai le cliché dans une enveloppe, inscrivis l'adresse de Cullus et ajoutai une note précisant qu'il s'agissait du nouvel artiste dont nous avions parlé.

Je ne répondis pas aussitôt à l'Américain. Je me laissai croire que c'était dans l'attente d'une réaction du galeriste. En vérité, la contemplation de cette amibe obèse m'avait intimidée. Je ne me sentais pas capable de reprendre d'emblée le ton de civilité de notre correspondance : « Merci, cher Melvin, pour cette charmante photo… » – non, il y avait des limites à la courtoisie. Je m'en voulus un peu d'être impressionnable, mais je n'y pouvais rien.

Comme je ne manquais pas de courrier en retard, j'écrivis à des gens de corpulence ordinaire. Pour effacer jusqu'au souvenir du cliché, je remplis ma déclaration d'impôts : les tâches abrutissantes aident à vivre, je l'ai souvent observé.

Ce jour-là, je reçus aussi une missive de P. me demandant une préface. Il ne s'écoule pas de jour sans au moins une lettre de cette espèce. Je refuse systématiquement, pour ce motif même. Il n'empêche que les gens allégeraient mon existence en m'épargnant ces continuelles suppliques – quand ce n'est pour une préface, c'est pour lire leur manuscrit ou pour que je leur enseigne l'écriture.

Le fait que je réponde à mon courrier génère une profonde confusion, des interprétations erronées et contradictoires. La première est qu'il s'agit d'une forme de marketing que j'aurais mise au point. Les chiffres sont pourtant clairs : mes lecteurs se comptent par centaines de milliers, et même en écrivant des épîtres comme la forcenée que je suis, je n'ai jamais pu dépasser les 2 000 correspondants, ce qui est déjà démentiel. La deuxième est à l'opposé : je dirige un bureau de bonnes œuvres. Il n'est pas rare que je reçoive des demandes d'argent pures et simples, non pas de fondations caritatives, mais de monsieur ou madame Tout-le-monde, le plus souvent assorties d'une explication : « Je voudrais écrire un livre. Vous savez ce que c'est, il faut donc que j'arrête de travailler et je ne roule pas sur l'or, moi. » D'autres interprétations : je manque d'imagination pour la matière de mes romans et je me nourris des confidences de mes correspondants ; ou : je suis à la recherche de partenaires sexuels ; ou alors : je brûle d'être convertie à telle religion, ou encore à internet. Etc.

La vérité est à la fois plus limpide et plus mystérieuse, y compris pour moi-même. Je ne sais pas pourquoi je réponds à mon courrier. Je ne cherche rien ni personne. Si j'apprécie qu'on me parle de mes livres, c'est très loin d'être le seul sujet qui alimente ces missives. Quand une correspondance évolue de manière agréable – et Dieu merci, cela se produit –, il m'est donné de vivre ce bonheur impondérable qui consiste à connaître un peu quelqu'un, à recevoir des mots humains. Inutile d'être en manque pour aimer ces contacts.

Avec Melvin Mapple, jusqu'il y avait quelques semaines, c'était ce qui était arrivé. Là, peut-être encore, mais je ne le savais plus. J'éprouvais désormais un malaise qui résistait à l'analyse. Cela datait d'avant la photo. De l'avoir vu nu ne m'avait pas arrangée. Hormis les épiphénomènes liés à ma vague notoriété, je suis logée à l'enseigne commune : être en relation avec qui que ce soit pose des problèmes. Même quand cela se passe bien, il y a des heurts, des tensions, des malentendus qui paraissent bénins et dont on comprendra, cinq ans plus tard, pourquoi ils ont rendu le lien intenable. Avec Melvin Mapple, cinq mois avaient suffi. Je voulais croire que ce n'était pas irrémédiable car il m'inspirait de l'amitié.

Cinq jours après, je reçus la réponse du galeriste marollien :

Chère Amélie,

La photo de Melvin Mapple est super. Pour mieux expliquer aux gens, j'aurais besoin aussi d'une photo de lui avec son costume militaire. Peux-tu lui transmettre ? Merci. À bientôt,

Albert Cullus

Bruxelles, le 23/05/2009

Cela me parut aller de soi. J'écrivis aussitôt à l'Américain la demande de Cullus. J'ajoutai un P.-S. pour préciser que moi aussi, j'avais beaucoup aimé la photo, avec une vérité générale du style : « Il est intéressant de découvrir l'apparence de celui qui correspond avec vous. » Si je n'avais absolument rien dit sur le cliché, Melvin aurait pu y voir un rejet.

Peu après, j'allai à Bruxelles pour voter. Le 7 juin, c'était à la fois les européennes et les régionales. Je ne rate une élection pour rien au monde. En Belgique, cela va de soi, ceux qui ne votent pas sont sanctionnés d'une amende non négligeable. Pour ma part, je n'ai pas besoin de cette menace : je crèverais plutôt que de ne pas accomplir mon devoir électoral.

Et puis c'est l'occasion de revoir Bruxelles qui fut ma ville et que je ne fréquente plus assez. Il y a une douceur de vivre bruxelloise que les Parisiens ne peuvent imaginer.

Je prolongeai mon séjour pour enregistrer une émission de la télévision belge qui serait diffusée à l'automne. Le 10 juin au matin, je rentrai à Paris en train. En trois jours, beaucoup de courrier s'était accumulé qui m'attendait sur mon bureau, de sorte que je ne remarquai pas d'emblée l'absence de réponse de Melvin Mapple. Le 11 juin, je me rendis compte que je lui avais envoyé ma dernière lettre le 27 mai et que, de sa part, un si long silence était inhabituel.

Il n'y avait pas lieu de s'inquiéter outre mesure. Les rythmes de courrier changent, c'est naturel. Moi-même, j'étais peu régulière et je haussais les yeux au ciel quand certains correspondants paniquaient pour avoir observé un trop long délai dans mes réponses. Je n'allais pas sombrer dans cette psychose, j'étais une personne de sang-froid.

Une semaine plus tard, toujours rien. Idem la semaine suivante. J'envoyai une missive répétant les informations de celle du 27 mai, qui pouvait s'être perdue.

Mi-juillet, sans nouvelles de Melvin Mapple, je commençais à froncer les sourcils. L'Américain avait-il pensé que je n'avais pas assez commenté la photo ? Un tel narcissisme ne lui ressemblait pas. Ou lui était-il difficile de trouver un bon portrait de lui en soldat pour Cullus ? On ne lui demandait pas un chef-d'œuvre.

Dans cet esprit, je lui écrivis derechef pour lui préciser qu'une photo très simple ferait l'affaire. Je me montrai amicale, en quoi j'étais sincère : notre échange me manquait.

Aucune réponse. Je partis en vacances, en priant mon éditeur de faire suivre le courrier. J'emportai toutes les lettres de l'Américain : les relire m'inspira de la nostalgie. Je pointai les noms de ses compagnons : pourrais-je écrire à Plumpy, à Bozo ? C'était des surnoms, mais peut-être cela suffirait-il. J'envoyai des petits messages à ces deux gaillards, à la même adresse, leur demandant comment allait Melvin Mapple.

Il avait dû lui arriver un pépin. La guerre était censée être finie, mais les informations signalaient régulièrement des attentats contre les soldats basés en Irak. Et Melvin se battait aussi sur un autre front, celui de l'obésité : il avait pu avoir une attaque, un infarctus, ces accidents qui frappent les cœurs étouffés par la graisse.

Ni Plumpy, ni Bozo, ni Mapple ne m'écrivirent. Ce silence ne me disait rien de bon. Ce n'était pas la première fois que je me retrouvais confrontée à cette situation. Certes, une correspondance n'est pas un contrat, on peut en sortir à tout instant sans préavis. J'en ai quitté quelques-unes qui ne me paraissaient plus possibles. Il est arrivé que d'aucuns cessent de me répondre sans explication. Dans la majorité des cas, je ne m'en émeus guère, pour cette raison que je n'en ai pas le temps, vu l'affluence des lettres d'inconnus nouveaux.

Mais parfois, s'agissant de correspondances anciennes, de correspondants fragiles par leur âge ou par leur santé, j'ai insisté. J'ai téléphoné. Une seule fois, je me suis autorisé une recherche : un charmant vieux monsieur de Lyon ne répondait plus à mes lettres depuis un an et demi, je me suis permis de demander à un jeune ami lyonnais, dont le frère travaillait dans l'administration locale, si cet homme était mort. L'ami me rendit ce service et je sus que l'homme était vivant. Je n'en appris pas davantage. Toutes les conjectures étaient possibles, depuis Alzheimer jusqu'au désir mystique de ne plus communiquer.

Il est très difficile de savoir où s'arrêter. C'est encore ce problème de la frontière : l'autre passe par votre vie, il faut accepter qu'il puisse en sortir aussi facilement qu'il y est entré. Bien sûr, on peut se dire que ce n'est pas grave, que ce lien était simple correspondance. On peut également se dire que se taire n'est pas la cessation d'une amitié. Ce dernier argument convainc davantage que le précédent. On devient sage, on se console. On accepte les nouveaux amis sans oublier ceux qui sont entrés dans le silence. Personne ne remplace personne.

Et pourtant il peut advenir que l'on se réveille au milieu de la nuit, le cœur battant à rompre : et si l'autre était en détresse ? enlevé par des brutes ? accablé de soucis inimaginables ? Comment a-t-on pu, au nom d'une certaine idée de la civilisation, l'abandonner si facilement ? Quelle est cette abjecte froideur ?

Il n'y a pas de solution. Il faut se résigner : on mourra sans savoir ce qui est arrivé à l'ami et sans savoir si l'ami eût voulu qu'on se préoccupât de son sort. On mourra sans savoir si l'on est un salaud d'indifférent ou si l'on est une personne respectueuse de la liberté d'autrui. L'unique chose qu'on voudra croire jusqu'au bout, c'est qu'il s'agissait bel et bien d'un ami : pourquoi un ami d'encre et de papier vaudrait-il moins qu'un ami de chair ?

À l'été 2009, je n'avais pas encore atteint ce stade pour Melvin Mapple. Je refusais d'entrer dans ce processus de deuil que je connaissais pourtant si bien : quelque chose en moi se révoltait à cette perspective. Les conditions ne me semblaient absolument pas réunies pour que je puisse enclencher les dispositifs de la résignation. Il y a des limites à l'abrupt. Ce n'était pas irrationnel de ma part : un soldat obèse basé en Irak courait réellement de grands dangers.

Après les vacances, je revins à Paris. Mon nouveau roman parut et je fus aussi accaparée qu'à chaque automne. Septembre, octobre, novembre et décembre sont des mois où je travaille à un point que même mon éditeur ignore. Il n'y eut cependant pas un instant où une part obscure de mon âme ne se rongeât au sujet de Melvin Mapple. Un homme de près de 200 kilos ne disparaît pas comme ça.

Au moment d'écrire une carte de vœux à mon éditeur américain, après joyeux Noël et bonne année, je ne pus m'empêcher d'ajouter un P.-S. incongru : « Le soldat de votre armée basée à Bagdad dont j'avais parlé aux journaux de Philadelphie a cessé de donner signe de vie. Ai-je un recours ? » Je n'aurais pas osé poser pareille question si Michael Reynolds n'avait été la crème des hommes.

Dans la foulée, je reçus les *Season's greetings* de l'éditeur avec pour réponse à mon P.-S. une adresse mail intitulée « *Missing in action* ». Le brave homme !

Internet m'étant *terra incognita*, je me fis aider d'une attachée de presse pour envoyer ma demande d'information au sujet du 2e classe Melvin Mapple. Un message énigmatique nous revint : *« Melvin Mapple unknown in U.S. Army. »*

J'eus alors l'idée de formuler ma requête en libellant le nom du soldat comme il fallait le faire sur les enveloppes : une succession d'initiales incompréhensibles avec Mapple au milieu, puis re-séquence d'initiales. Il n'y avait là rien d'étonnant. Je correspondais avec quelques militaires français dont les adresses à l'armée étaient formulées de manière au moins aussi étrange, le prénom n'étant jamais mentionné. La Grande Muette aime cultiver le mystère.

Et là, l'ordinateur répondit qu'il n'y avait rien à signaler au sujet d'un certain Howard Mapple qui était basé à Bagdad.

L'attachée de presse me demanda si j'étais satisfaite. Je ne voulus pas la déranger davantage et prétendis que ça m'allait : « Sans doute se sert-il de son deuxième prénom pour notre correspondance. »

En vérité, je n'en savais rien. Je ne savais même pas si cet Howard Mapple avait le moindre lien avec Melvin. Il pouvait y avoir plus d'un Américain nommé Mapple. À tout hasard, j'écrivis une lettre à Howard Mapple, à l'adresse irakienne qui m'était familière :

Cher Howard Mapple,

Excusez-moi de vous déranger. J'ai correspondu avec un militaire basé comme vous à Bagdad, Melvin

Mapple. Je n'ai plus de nouvelles depuis mai 2009. Le connaissez-vous ? Pourriez-vous m'aider ? Je vous remercie.

Amélie Nothomb
Paris, le 5/01/2010

Une dizaine de jours plus tard, mon cœur battit plus fort à la vue d'une enveloppe à mon nom, en tout point semblable, écriture comprise, à celle de Melvin Mapple. « Je vais enfin savoir ce qui lui est arrivé », pensai-je, heureuse de renouer le fil avec cet ami. Le moins qu'on puisse dire est que le courrier me surprit :

Miss,

Cessez de me faire chier avec vos conneries. Je ne dois plus rien à cet enculé de Melvin. Vous n'avez qu'à lui écrire à Baltimore, à l'adresse…

Et maintenant, foutez-moi la paix.

Howard Mapple
Bagdad, le 10/01/2010

Eh bien, cet Howard ne s'exprimait pas avec la correction de Melvin. C'était d'autant plus frappant qu'en dehors du ton, tout était pareil, le papier, l'enveloppe, et jusqu'à la graphie qui ne différait pas d'un iota de celle de mon ami. Ce n'était pas inconcevable : j'ai souvent remarqué combien les écritures américaines se ressemblent – je parle ici de ces écritures détachées qu'on enseigne dans certaines écoles et non des écritures cursives qui, elles, sont immanquablement personnelles.

En tout cas, Howard n'avait pas à s'inquiéter, je ne le dérangerais plus. Et il m'avait fourni une information capitale : Melvin était rentré à Baltimore et j'y avais même son adresse.

Il devait y avoir là un embryon d'explication quant au silence de mon ami. On avait dû lui apprendre très soudainement son retour au pays, sans doute avait-il eu à peine le temps de s'y préparer. J'imaginais le traumatisme de ses retrouvailles avec les U.S.A., après six années passées sur le front irakien – et ses retrouvailles avec les siens, estomaqués par son obésité.

Le pauvre Melvin avait dû sombrer dans le marasme absolu. Le drame des naufragés de l'existence est qu'au lieu de s'en ouvrir aux autres, ils se replient sur leur souffrance et n'en délogent plus. Certes, si Melvin m'avait écrit pour me raconter cela, je n'aurais pas pu l'aider. Mais au moins, il aurait pu en parler, si tant est que la correspondance soit une forme de parole ; la confidence sauve de l'asphyxie.

Ou alors Melvin Mapple s'était trouvé ou retrouvé d'autres amis à Baltimore et n'avait plus besoin de moi. Je le souhaitais sincèrement. Je n'en désirais pas moins avoir un contact ultime avec cet homme qui avait compté pour moi pendant quelque temps.

Il allait falloir adopter le ton juste. Lui adresser des reproches ne me venait pas à l'esprit : tout le monde a le droit de se taire. Si je ne tolère pas que l'on s'indigne de mes silences prolongés, j'accorde un droit identique à mes connaissances. D'autre part, pouvais-je cacher qu'il m'avait manqué ?

Il n'existe qu'un seul moyen de régler une difficulté d'écriture, c'est d'écrire. La réflexion efficace et agissante n'intervient qu'au moment de la rédaction.

Cher Melvin Mapple,

Un certain Howard Mapple m'a appris votre retour au pays et donné votre adresse. Quelle joie d'avoir de vos nouvelles ! J'avoue que je m'inquiétais un peu, mais je comprends bien que la soudaineté de votre départ suivie du choc des retrouvailles ne vous ait pas laissé le temps ni la disponibilité mentale pour m'écrire.

Quand ce sera possible, pourriez-vous m'écrire une petite lettre ? J'aimerais tant savoir comment vous allez. Les quelques mois qu'a duré notre correspondance ont fait de vous quelqu'un d'important pour moi. Je pense souvent à vous. Comment va Schéhérazade ?

Amicalement,

Amélie Nothomb

Paris, le 15/01/2010

Je postai ce qui me parut plus une bouteille à la mer qu'une épître.

J'ai pour habitude de jeter à la poubelle les grossièretés que je reçois. Pourtant, je ne me débarrassai pas du courrier de Howard Mapple : j'en étais un peu intriguée, tout en concevant que cela pouvait avoir une signification bénigne. Je suis bien placée pour savoir que les gens tiennent parfois dans leur courrier des propos on ne peut plus bizarres qui ne veulent simplement rien dire. La plupart des êtres craignent de paraître agréables et sans mystère.

La réponse de Melvin tardait. La poste de l'armée devait mieux fonctionner que la poste américaine. Je me rendis compte que je trouvais toujours des excuses au soldat. C'était oublier que je lui avais déniché une galerie d'art et que je n'avais jamais failli à mon rôle de confidente. L'indulgence envers les manquements des autres me perdra.

Je ne remarquai même pas cette enveloppe ordinaire, ce jour-là, avec le timbre *stars and stripes*. Mes yeux s'écarquillèrent quand je l'ouvris :

Chère Amélie,

J'étais décidé à ne plus vous écrire. Votre lettre me stupéfie : comment pouvez-vous ne pas m'en vouloir ? Je m'attendais à pire que des reproches. N'avez-vous pas encore compris que je ne mérite pas votre amitié ?

Sincèrement,
Melvin
Baltimore, le 31/01/2010

Je répondis séance tenante :

Cher Melvin,

Quel bonheur de recevoir de vos nouvelles ! S'il vous plaît, racontez-moi comment cela se passe pour vous là-bas. Vous m'avez manqué.

Amicalement,
Amélie
Paris, le 6/02/2010

Je postai ce mot puis relus le billet du soldat. C'était la première fois qu'il usait de mon prénom seul et ne signait que du sien. Je lui avais emboîté le pas. Son écriture avait changé. C'était aussi pour cela que l'enveloppe ne m'avait pas frappée d'emblée. Pauvre Melvin, le retour au pays avait dû gravement le marquer : il se dénigrait, il ne tenait plus son stylo comme avant, etc. J'avais eu raison de ne pas relever cela dans ma réponse : c'était la meilleure réaction. Il saurait ainsi que cela n'avait aucune importance.

J'imaginais ce qu'il avait dû vivre ces derniers mois. Les crétins découvrant son obésité et lui disant : « Eh bien, mon vieux, ça a été une expérience enrichissante, semble-t-il. On ne t'a pas laissé mourir de faim. » Les salauds l'accusant du désastre de cette guerre, lui qui n'avait été que le dernier des sous-fifres. Comme les humains sont infects quand il s'agit de juger un pauvre type ! Ils n'étaient pas là, ils n'ont rien vu, mais ont un avis dégradant sur ce qu'ils ne connaissent pas et ne se privent pas d'en informer l'intéressé.

Deuxième enveloppe de Baltimore :

Chère Amélie,

Si j'avais su que vous étiez ce genre de personne, je ne vous aurais jamais écrit. Je me suis trompé sur votre compte. À travers vos livres, je vous supposais intraitable, cynique, celle à qui on ne la fait pas. Au fond, vous êtes quelqu'un de simple et de gentil, vous ne vous mettez pas en avant. C'est pourquoi je m'en veux profondément.

Je me suis très mal conduit envers vous. Je vous mens depuis le début. Je ne suis jamais allé en Irak, je n'ai jamais été soldat. J'ai voulu susciter votre intérêt. Je n'ai pas quitté Baltimore, où je n'ai d'autre activité que manger et surfer sur le net.

Mon frère, Howard, est militaire à Bagdad. Il y a des années, je l'avais aidé à rembourser des dettes de jeu, suite à son séjour à Las Vegas. Comme il me devait encore beaucoup, je l'ai convaincu de vous recopier des courriers électroniques que je lui envoyais et de vous les poster. Quand vos réponses arrivaient, il me les scannait.

Cette supercherie n'était pas censée prendre une telle ampleur. J'avais pensé vous envoyer une ou deux lettres, pas plus. Je ne m'attendais pas à votre enthousiasme, ni au mien. Très vite, cet échange est devenu la chose la plus importante de ma vie où, faut-il le préciser, il n'y a pas grand-chose. Je ne me sentais pas capable de vous dire la vérité. La situation aurait pu s'éterniser. C'était mon souhait.

J'avais prévu qu'un jour vous me demanderiez une photo. Aussi avais-je envoyé à Howard ce cliché qui ne vous cache rien de la gravité de mon état. À l'époque, je n'avais pas imaginé que je posais pour une galerie d'art belge. Je ne vous remercierai jamais assez pour cette affaire ; votre générosité a accru ma mauvaise conscience. Ensuite, ce monsieur Cullus a voulu une photo de moi en costume militaire : là, j'étais piégé.

J'ai commencé à négocier le coup avec mon frère : pouvait-il m'obtenir un treillis XXXL ? Là, Howard a pété les plombs. Il a affirmé qu'il avait monnayé 5 $ la page (j'ignorais ce calcul), moyennant quoi, il ne me devait plus rien. Il a ajouté qu'il en avait ras la caisse des débilités qu'il avait dû écrire pour moi, que ça le rendait malade de recopier des trucs aussi cons et qu'il fallait vraiment que vous soyez dingue pour me répondre. Bref, je ne pouvais plus compter sur lui.

C'est pourquoi je ne vous ai plus écrit. Pourtant, j'aurais pu, même en maintenant ma version. J'aurais pu dactylographier les lettres et vous raconter avoir brûlé mon costume militaire à titre symbolique dès mon arrivée à Baltimore. Mais en gardant le silence, je trouvais une fin décente à cette histoire fumeuse. Je serais devenu pour vous un souvenir, vous en auriez conclu que mon retour au bercail nécessitait une profonde remise en cause.

J'ai donc coupé les ponts avec vous. Cela me fut facilité par le fait que mon frère ne me transmettait plus vos courriers ; j'imagine qu'il y en eut quelques-uns. Notre correspondance me manquait. Cependant, j'étais persuadé que mon mutisme s'imposait désormais dans notre intérêt mutuel.

Et puis il y a trois semaines, je reçois votre message. Incompréhensible : vous avez découvert l'existence d'Howard et vous ne m'en voulez en rien, vous m'écrivez avec autant d'amitié qu'auparavant. Est-il possible que la vérité ne vous ait pas encore sauté aux yeux ? Pour dissiper vos dernières illusions, je vous envoie une réponse manuscrite, afin que le changement d'écriture vous révèle ma supercherie. Et là, comble des combles, vous m'écrivez séance tenante un billet joyeux, ne relevant aucune des anomalies flagrantes de cette affaire.

Rassurez-vous, je ne vous prends pas pour une imbécile. C'est beau d'être confiant à ce point. Mais moi, je me sens mal. Je vois bien qu'aux yeux du commun des mortels, je me suis payé votre tête et j'y ai réussi. Aux yeux de la plupart des gens, vous êtes, si vous me passez l'expression, le dindon de la farce. Or c'était le contraire de mon intention. Plus exactement, je ne sais pas quelle était mon intention.

Ce qui est certain, c'est que j'ai voulu attirer votre attention. J'y ai mis les moyens. Sur internet, j'avais vu que vous receviez chaque jour des monceaux de lettres. Moi qui passe ma vie sur le net, ça m'a fasciné, ces missives d'encre et de papier que vous réceptionniez et écriviez continuellement. Ça m'a paru, comment vous dire, tellement réel. Il y a si peu de réel dans mon existence. C'est pourquoi j'ai si ardemment voulu que vous me donniez un peu de votre réel. Le paradoxe est que pour entrer dans votre réalité, j'ai cru nécessaire de travestir la mienne.

C'est ce que je me reproche le plus : je vous ai sous-estimée. Je n'avais pas besoin de mentir pour attirer votre attention. Vous m'auriez répondu de la même façon si je vous avais dit la vérité, à savoir que je suis un obèse échoué dans l'entrepôt de pneus de ses parents, à Baltimore.

Je vous demande de me pardonner. Je comprendrais que vous refusiez.

Sincèrement,

Melvin Mapple

Baltimore, le 13/02/2010

Je restai éberluée pendant une durée indéterminée, incapable de faire quoi que ce soit. Étais-je fâchée, contrariée ? Non. Seulement au dernier degré de la stupéfaction.

Depuis ma première publication en 1992, j'avais entretenu tant de correspondances avec tant d'individus. Il était statistiquement fatal que dans le nombre il y ait une bonne proportion de tordus et cela n'avait pas manqué. Mais un de l'envergure de Melvin Mapple, je n'en avais jamais vu, ni de près ni de loin.

Comment fallait-il réagir ? Je n'en avais aucune idée. Fallait-il réagir, d'ailleurs ?

À défaut d'avoir la réponse à cette question, j'avais une envie : celle d'écrire à Melvin en jouant cartes sur table. Dont acte.

Cher Melvin Mapple,

Votre lettre du 13 février me sidère à un point inexprimable. J'y réagis à chaud, ce qui ne m'empêchera peut-être pas d'y réagir à froid.

Vous me demandez de vous pardonner. Je n'ai rien à vous pardonner. Vous pardonner supposerait que vous m'ayez fait du tort. Vous ne m'en avez fait aucun.

Il semblerait qu'aux U.S.A., le mensonge soit le mal par excellence, si je puis dire. Sans doute suis-je très européenne : le mensonge ne m'offusque que s'il lèse quelqu'un. Ici, je ne vois pas qui est lésé. Certains soldats américains trouveraient sûrement à y redire et probablement auraient-ils raison. Mais cela ne me regarde pas.

Selon les gens, dites-vous, je suis le dindon de la farce. Moi, je ne considère pas les choses de cette façon. En tant qu'humain, j'ai besoin de voir ce qui est sous mes yeux. Ce que vous m'avez montré dans vos courriers disait seulement la réalité d'une autre façon. De votre enfer, vous avez fait un autre enfer. Peu m'importent les cris d'orfraie de ceux qui affirment qu'on ne peut comparer l'horreur du front irakien à l'horreur d'un corps obèse, je vous cite, « échoué dans l'entrepôt à pneus de ses parents ». Cette métaphore a eu du sens pour vous puisqu'elle s'est imposée à vous et vous avez eu besoin de prendre à témoin une personne dont la pratique assidue du courrier papier vous a frappé. Voir votre histoire écrite à l'encre par un tiers était le seul moyen pour vous de lui donner la réalité qui vous manque de si insoutenable manière.

« Vous m'auriez répondu de la même façon si je vous avais dit la vérité », écrivez-vous. Nous n'en savons rien. Oui, je vous aurais répondu. De la même façon ? Je l'ignore. Votre métaphore assez gonflée a le mérite de me révéler avec éloquence l'ignominie de votre existence. Si vous me l'aviez écrit cash, aurais-je compris ? Je l'espère.

Si cela peut vous rassurer, vous êtes loin d'être le premier mythomane qui s'adresse à moi. Encore n'êtes-vous pas un mythomane véritable puisque vous êtes conscient de votre invention, à telle enseigne que vous êtes le premier à vous être démasqué volontairement. Parmi ceux qui m'écrivent, il y a ceux dont les mensonges m'ont sauté aux yeux dès la première lecture, ceux dont j'ai mis quatre ans à repérer les supercheries et ceux dont je n'ai toujours pas remarqué les procédés. Du reste, j'en reviens à ce que je disais en début de lettre : pourvu qu'elle ne lèse personne, la mythomanie ne me dérange absolument pas.

Je tiens aussi à vous féliciter : votre dispositif était tellement excellent que si vous n'aviez pas avoué, je ne risquais en aucun cas de le débusquer. Bravo. Tout écrivain contient un escroc, c'est donc en tant que collègue que je vous tire mon chapeau. Quand un mythomane sans talent m'envoie un mensonge cousu de fil blanc, j'éprouve de l'affliction. L'escroquerie, comme le violon, exige la perfection : pour présenter un récital, le violoniste ne se contente pas d'être bon. Le sublime ou rien. En vous, je salue un maître.

Sincèrement,
Amélie Nothomb
le 20/02/2010

Sans m'en apercevoir, je lui avais emprunté son « sincèrement » final. En effet, j'avais été, dans cette missive, d'une sincérité rare. L'unique omission était l'agacement éprouvé face à la formule : « J'ai voulu attirer votre attention. » Combien de fois ai-je lu cette phrase ? Et quel pléonasme ! Écrire une lettre à quelqu'un, c'est vouloir attirer son attention. Sinon, on ne lui écrit pas.

Mais c'était excusable car ce n'était pas assorti de la phrase qui, neuf fois sur dix, suit cette formule : « Je ne supporterais pas que vous me traitiez comme tout le monde. » Cette ineptie connaît de nombreuses variantes : « Je ne suis pas comme tout le monde », « Je ne voudrais pas que vous me parliez comme à quiconque », etc. Quand je lis ça, je jette aussitôt le courrier à la poubelle. Pour obéir à l'injonction. Vous voulez que je ne vous traite pas comme tout le monde ? Vos désirs sont des ordres. J'ai le plus profond respect pour tout le monde. Vous demandez un traitement d'exception, donc je ne vous respecte pas et je jette votre épître à la corbeille.

Ce que je ne supporte pas dans cet énoncé, outre sa bêtise, c'est le mépris dont il regorge. Mépris d'autant plus grave qu'on me l'attribue. C'est chez moi une allergie : je ne supporte aucune forme de mépris, qu'il me soit adressé, imputé, ou même si je n'en suis que le témoin. Quant à mépriser tout le monde, c'est encore plus révoltant. Ne pas accorder à l'inconnu le bénéfice du doute, c'est irrecevable.

Je mangeai du pain d'épice au miel. J'adore ce goût de miel. Le mot « sincère », qui est aujourd'hui si à la mode, lui doit son étymologie : « *sine cera* », littéralement « sans cire », désignait le miel purifié, de qualité supérieure – quand le margoulin, lui, vous vendait un pénible mélange de miel et de cire. Les gens nombreux qui abusent aujourd'hui du mot « sincérité » devraient faire une cure de bon miel pour se rappeler de quoi ils parlent.

Chère Amélie,

Votre lettre m'a encore plus sidéré que la mienne n'a dû vous surprendre. Je ne sais pas à quoi je m'attendais, mais sûrement pas à cela.

Je trouve votre réaction très belle. L'unique autre personne à être au courant de mon mensonge est mon frère Howard. Le moins qu'on puisse dire est qu'il ne partage pas votre tolérance. Quand je lui envoyais les mails qu'il devait vous recopier, il les saluait d'un : « T'es rien qu'un pauvre malade » ou autres propos très relevés.

Allez comprendre : vous ne me reprochez strictement rien et du coup, je me sens en faute. J'ai besoin de me justifier alors que vous ne me le demandez pas.

Ce que je vous ai raconté de ma vie jusqu'à mes 30 ans, c'est la vérité : l'errance, les nuits à la belle étoile, la misère et finalement la faim. Mais ce n'est pas à l'armée que je suis allé quand j'ai touché le fond, c'est chez papa-maman. Sacrée humiliation de revenir chez ses parents à 30 ans, sans l'ombre d'un accomplissement à son actif. Ma mère a cru me sauver en m'achetant un ordinateur. « Tu pourrais créer un site pour notre station-service », a-t-elle dit. Comme si une station-service avait besoin de ça ! Ça puait le prétexte. Mais je n'avais pas le choix et je m'y suis mis. J'ai découvert que je n'étais pas mauvais dans cette branche. Quelques entreprises du coin m'ont commandé la même chose. J'ai gagné de l'argent, qui m'a permis de renflouer les dettes d'Howard.

En vérité, c'est ce qui m'a perdu. Moi qui venais de passer dix ans à marcher en mangeant à peine, j'inversai ces verbes : j'adoptai le mode de vie du programmateur, qui consiste à ne jamais se servir de ses jambes et à grignoter sans cesse. J'avais tellement l'impression que ma mère m'avait offert cet ordinateur pour que je me rachète, aussi ne quittai-je pas l'écran pendant un an. Je n'arrêtais que pour dormir, me laver ou partager un repas familial – encore manger. Mes parents en étaient restés à la version de leur fils famélique rentrant au bercail : ils ne me virent pas grossir et moi non plus. J'aurais dû me regarder sous la douche, je n'y ai pas prêté attention. Quand je me suis aperçu de la catastrophe – c'est le mot –, il était trop tard.

S'il y a bien un mal qu'il vaut mieux prévenir que guérir, c'est l'obésité. Remarquer qu'on a 5, voire 10 kilos à perdre, ce n'est rien. Comprendre un beau matin qu'on a 30 kilos à perdre, c'est autre chose. Et pourtant, si j'avais commencé à ce moment-là, j'aurais pu me sauver. Maintenant, j'en ai 130 à perdre. Qui a assez de courage pour décider de maigrir de 130 kilos ?

Pourquoi n'ai-je pas tiré la sonnette d'alarme quand j'ai su que j'avais 30 kilos de trop ? J'avais des problèmes informatiques épineux ce jour-là et besoin de toute mon énergie et ma concentration : impossible d'envisager un régime. Le lendemain, pareil, etc. Le miroir confirmait le verdict de la balance : j'étais gros. Mais je décrétai que cela n'avait pas d'importance : qui me regardait ? J'étais un programmateur, je vivais dans l'entrepôt à pneus de mes parents avec un ordinateur qui se fichait de mon poids. J'enfilais un jogging et un t-shirt XXL et il n'y paraissait plus. À table, ni mon père ni ma mère ne s'aperçurent de rien.

Quand je traversais l'Amérique à pied, comme tout successeur de Kerouac qui se respecte, j'ai essayé les drogues disponibles sur les routes et dans le désert, ce qui fait beaucoup. Les potes ont toujours une substance en poche : « *Share the experience* », vous dit-on en vous la tendant. Je n'ai jamais refusé. J'ai aimé certains produits et en ai détesté d'autres. Mais même ceux auxquels j'ai le plus accroché n'ont jamais provoqué en moi le centième de l'addiction déclenchée par la bouffe. Quand je vois des campagnes de prévention contre les drogues à la télévision, je me demande ce qu'on attend pour nous prévenir contre notre véritable ennemi.

C'est pour cela que je ne parviens pas à maigrir : ma dépendance envers la bouffe est devenue invincible. Il faudrait une camisole de force (XXXL) pour m'empêcher de manger.

Lorsque j'ai atteint les 130 kilos, ma mère m'a dit avec stupéfaction : « Tu es gros ! » J'ai répondu que j'étais obèse. « Pourquoi n'ai-je rien vu jusqu'à présent ? » a-t-elle crié. Parce que je m'étais laissé pousser la barbe qui cachait mon triple menton. Je me suis rasé et j'ai découvert le visage d'un inconnu que je suis resté.

Mes parents m'ont ordonné de maigrir. J'ai refusé. « Puisque c'est comme ça, nous ne te recevrons plus à table. Nous ne voulons pas être témoins de ton suicide », ont-ils dit. C'est ainsi que je suis devenu un obèse solitaire. Ne plus voir ni mon père ni ma père ne m'a pas dérangé. Au fond, c'est ça qui est terrible : rien ne dérange, tout s'accepte. On croit qu'on ne sera pas obèse parce que ce serait insupportable : c'est insupportable, mais on le supporte.

J'en suis arrivé à ne plus voir personne, à part le livreur qui m'apporte la bouffe que je commande par téléphone ou sur internet et qui ne s'offusque de rien : à Baltimore, il doit en avoir vu d'autres. Je jette mon linge sale dans un sac-poubelle ; quand il est plein, je le pose devant la porte du garage. Ma mère le lave, puis rapporte le sac au même endroit. Comme ça, elle n'a pas à me voir.

À l'automne 2008, j'ai lu un article sur l'obésité qui sévissait de plus en plus chez les soldats américains basés en Irak. J'ai d'abord pensé que c'était mon frère Howard qui aurait dû grossir, et non moi. Ensuite, je me suis surpris à envier les militaires obèses. Comprenez-moi : eux au moins, ils avaient un motif sérieux. Leur statut les apparentait à des victimes. Il y aurait des gens pour penser que ce n'était pas leur faute. J'ai jalousé qu'on puisse les plaindre. C'est misérable, je sais.

Ce n'est pas tout. Leur pathologie avait une histoire. Ça aussi, je leur ai envié. Vous me direz que la mienne en a une également : c'est possible, mais elle m'a échappé. Dans les faits, mon obésité avait une cause et pourtant, dans mon esprit, il y avait eu comme une rupture des lois de la causalité. Vivre à temps plein sur internet crée une telle sensation d'irréalité que cette nourriture dévorée pendant des mois n'avait jamais existé. J'étais un gros privé d'histoire et en tant que tel, je jalousais ceux incorporés dans la grande Histoire.

Quand la guerre d'Irak a commencé, j'ai été appelé et réformé pour obésité – déjà ! À ce moment-là, je me suis félicité d'être gros et j'ai ricané que mon crétin de frère y soit envoyé. Et puis mon néant a continué devant l'ordinateur : huit années de rien, dont il ne reste rien dans mon souvenir et que cependant je ne pouvais pas oublier comme ça, puisqu'elles m'avaient lesté de plus de 100 kilos. Ensuite, j'ai lu l'article sur les soldats obèses. Et puis il y a eu vous.

C'est la conjonction de cet article et de la découverte de votre existence qui m'a déterminé à mentir. Déjà, cette romancière qui répondait par courrier papier, ça m'avait intrigué. J'avais commandé vos livres traduits en anglais et, sans que je puisse l'expliquer, ils m'avaient parlé. Vous allez m'en vouloir : c'est l'un de vos personnages qui m'a donné l'idée du mensonge, la jeune Christa d'*Antéchrista*.

Soudain, cette nouvelle interprétation de mon obésité m'a paru salvatrice. Pour que ma version devienne réelle, il fallait qu'elle soit cautionnée par quelqu'un d'extérieur. Vous étiez parfaite pour ce rôle : connue et réactive. Je ne sais pas si correspondre avec vous m'a fait du bien, mais je sais que j'ai adoré ça : vous garantissiez mon histoire. J'en étais arrivé à croire pour de bon que j'étais militaire à Bagdad. Grâce à vous, j'avais ce que je n'avais jamais eu : une dignité. Dans votre esprit, ma vie prenait corps. À travers votre regard, je me sentais exister. Mon sort méritait votre considération. Après huit années de néant, quelle émotion, quel délice ! Même si vos lettres ne m'arrivaient que scannées, elles m'apparaissaient si formidablement réelles.

J'aurais voulu que cette situation dure éternellement, mais vous avez voulu cette photo de moi en soldat. Ensuite, à l'été 2009, les journaux du monde entier ont annoncé le départ de nos hommes. Howard, avec sa guigne habituelle, a fait partie du dernier contingent ; il n'est rentré aux États-Unis qu'il y a une dizaine de jours. Bref, quand j'ai su que mon mensonge devenait intenable, je n'ai pas vu d'autre solution que le silence.

J'ai obtenu qu'Howard m'envoie toutes vos lettres. Quelle émotion de les voir en vrai, de les toucher. J'ai imprimé mes courriers que j'avais archivés et j'ai constitué un dossier avec la succession de nos messages. Savez-vous comment j'ai intitulé ce classeur ? « Une forme de vie ». Ça m'est venu instinctivement.

Quand je repense à cette dizaine de mois pendant lesquels j'ai correspondu avec vous, moi qui ne vivais plus depuis près de dix ans, cette expression s'est imposée : grâce à vous, j'ai eu accès à une forme de vie.

Ces mots évoquent en principe l'existence élémentaire des amibes et des protozoaires. Pour la plupart des gens, il n'y a là qu'un grouillement un peu dégoûtant. Pour moi qui ai connu le néant, c'est déjà de la vie et cela m'impose le respect. J'ai aimé cette forme de vie et j'en ai la nostalgie. L'échange des lettres fonctionnait comme une scissiparité : je vous envoyais une infime particule d'existence, votre lecture la doublait, votre réponse la multipliait, et ainsi de suite. Grâce à vous, mon néant se peuplait d'un petit bouillon de culture. Je marinais dans un jus de mots partagés. Il y a une jouissance que rien n'égale : l'illusion d'avoir du sens. Que cette signification naisse du mensonge n'enlève rien à cette volupté.

Notre correspondance vient de reprendre après une interruption d'une durée équivalente à son règne. Sera-ce aussi bien ? À présent, je vous dis la vérité, celle-ci engendrera-t-elle une forme de vie ? Rien n'est moins sûr. Comment pourriez-vous me faire confiance, désormais ? À supposer même que par grandeur d'âme vous en soyez encore capable, quelque chose est cassé en moi : jamais je n'ai oublié que je mentais et pourtant j'aimais la conviction que m'apportait l'écriture de ce mensonge. Vous êtes écrivain, je ne vous apprends rien. Le néophyte que je suis n'en revient toujours pas :

ce que j'ai vécu de plus intense, je le dois au partage d'une fiction dont je suis l'auteur.

À présent, ma fiction est démantelée. Vous savez la désespérante vérité. Les prisonniers les mieux gardés au monde peuvent s'évader. Aucune évasion n'est possible quand la geôle est son propre corps d'obèse. Maigrir ? Laissez-moi rire. J'approche des 200 kilos. Pourquoi ne pas déconstruire les pyramides d'Égypte, tant qu'on y est ?

Alors, je vous pose cette question : que me reste-t-il à vivre ?

Sincèrement,

Melvin Mapple

Baltimore, 27/02/2010

La conclusion de cette épître m'affola. La démence de Melvin devait être contagieuse car j'achetai aussitôt un billet d'avion pour Washington. Les renseignements internationaux trouvèrent sans trop de problèmes les coordonnées de Mapple. Tenant compte du décalage horaire, je composai le numéro. Une voix haletante décrocha :

— Amélie Nothomb, vraiment ?

— Vous avez couru jusqu'au téléphone, vous.

— Non. Il est à côté de moi. Je n'en reviens pas que vous m'appeliez.

Melvin parlait comme s'il était continuellement à bout de souffle. Ce devait être l'obésité.

— J'arrive à l'aéroport de Washington le 11 mars à 14 h 30. Je veux vous voir.

— Vous venez pour moi ? Je suis touché. Je vous attendrai à l'aéroport. Nous prendrons ensemble le train pour Baltimore.

Je raccrochai, de peur de changer d'avis. Comme j'ai pour l'inconscience un don prodigieux, je m'intimai de ne plus penser à ce voyage, afin de n'y pas renoncer.

Au téléphone, la voix de Melvin m'avait paru joyeuse.

Juste au moment de partir, je reçus une lettre de l'Américain. Je l'emportai pour la lire dans l'avion.

J'attendis que le Boeing 747 décolle, pour ne plus pouvoir m'enfuir, et j'ouvris l'enveloppe :

Chère Amélie,

Vous venez me voir. C'est un cadeau extraordinaire. Je ne pense pas que vous fassiez ça pour tous vos correspondants, à plus forte raison ceux qui habitent si loin. Qu'est-ce que je raconte ? Je sais que je suis le seul pour qui vous acceptez un tel déplacement. J'en suis très ému.

En même temps, je me demande ce que j'ai pu vous écrire pour vous décider. Sans m'en rendre compte, j'ai peut-être manœuvré pour vous apitoyer et je n'en suis pas très fier. Enfin, c'est fait, c'est fait. Je suis content.

Comme je vous l'ai dit au téléphone, je viendrai vous chercher à l'aéroport Ronald-Reagan. Sachez que pour moi, ce sera extraordinaire. Je n'ai plus quitté Baltimore depuis près de dix ans. Et quand je dis quitter Baltimore, je devrais préciser quitter ma rue. Et même ça, c'est insuffisant. Mon dernier raid en dehors de l'entrepôt à pneus date de l'élection du président Obama, le 4 novembre 2008 : c'était pour aller voter. Heureusement, c'était au bout de la rue. Il n'empêche que ça m'a tué, je suis rentré en nage comme si c'était la canicule. Le pire n'est pas l'effort de marcher, c'est le regard des autres qui fait suer. Oui, l'épidémie d'obésité en Amérique n'a pas encore dissuadé les autres de nous regarder. À quand un président de 150 kilos ?

Bref, aller vous attendre à Washington sera une expédition. Ne croyez surtout pas que je m'en plaigne, ce serait le comble, quand vous, vous traversez un océan pour me voir. C'est pour vous dire que j'ai conscience de l'importance de l'événement. Rien au monde ne pourra m'empêcher d'être là, le 11 mars à 14 h 30, à l'aéroport. Vous avez vu ma photo, vous me reconnaîtrez.

Vous n'avez pas précisé combien de temps vous resteriez. J'espère que ce sera longtemps. Si vous voulez loger chez moi, j'ai demandé à ma mère de préparer mon ancienne chambre.

Je vous attends.

Sincèrement,

Melvin Mapple

le 5/03/2010

Il me sembla que cette lettre était très bien. J'appréciai le « sans m'en rendre compte, j'ai peut-être manœuvré pour vous apitoyer… », qui me changeait des innombrables « j'espère que vous ne pensez pas que je cherche à vous apitoyer », écrits par des correspondants au terme de missives fleuves dans lesquelles ils me racontaient comment leurs parents les battaient et les torturaient quand ils étaient petits.

Comme d'habitude, je m'étais arrangée pour avoir une place côté fenêtre. En avion, j'ai toujours le nez collé au hublot : le moindre nuage m'intéresse. Mais cette fois, je ne parvenais pas à m'abîmer dans la contemplation du paysage céleste. Mon cerveau avait un caillou dans la chaussure.

Au milieu de l'Atlantique, cette pierre mentale trouva sa formulation : « Amélie Nothomb, peux-tu me dire ce que tu es en train de faire ? » Je répondis hypocritement : « Voyons, je suis une adulte responsable qui a décidé de rendre visite à un ami américain. — Mais non ! La vérité, c'est que tu n'as pas changé depuis l'âge de 8 ans : tu te crois investie de pouvoirs mystérieux, tu t'imagines que tu vas toucher Melvin et qu'il sera guéri de son obésité ! » Je me bouchai les oreilles. « Tu as raison, ça n'a pas atteint le stade de la formulation, chez toi la parole est rationnelle, c'est ce qui est en dessous qui ne l'est pas, tu crois que tu vas sauver Mapple, même si tu ne sais pas comment tu vas procéder. Sinon, dis-moi pourquoi tu vas jusqu'aux États-Unis pour voir un simple correspondant ! — Parce que j'éprouve de l'amitié pour cet homme qui, lui au moins, ne recourt pas à la prétérition. — Tu traverses l'Atlantique pour une absence de prétérition ? C'est à mourir de rire ! — Non. C'est rarissime, l'absence de prétérition. Je suis un être capable d'aller très loin au nom de ses convictions sémantiques. Le langage est pour moi le plus haut degré de réalité. — Le plus haut degré de réalité, c'est de retrouver dans un entrepôt à pneus de Baltimore un obèse mythomane. Compagnie et destination de rêve. Tout ça pour une absence de prétérition. Si un jour tu tombes sur un correspondant de Mongolie-Extérieure qui, seul de son espèce, ne fait pas d'erreur de concordance des temps au subjonctif, ou a une conception intéressante de l'intransitivation, tu iras lui rendre visite à Oulan-Bator ? — Où veux-tu en venir avec cette argumentation bouffonne ? — Et toi, où veux-tu en venir avec ce voyage ? Pourquoi t'imagines-tu que ta présence miraculeuse va aider ce pauvre fou ? S'il veut s'en sortir, ce qui n'est pas sûr, ce n'est pas toi qui peux l'extraire de sa situation. Si tu te contentais de perdre ton temps, ce ne serait pas grave. Mais as-tu pensé au malaise que tu vas éprouver avec lui ? Vous aviez de quoi vous écrire, soit ; qu'aurez-vous à vous dire ? Tu vas affronter des heures de silence avec cet obèse, à l'aéroport, puis pendant un long trajet en train, puis dans un taxi, enfin chez lui. Ça va être l'enfer. Vu l'absence de conversation, tu ne pourras éviter de regarder sa graisse, il s'en rendra compte, vous souffrirez l'un et l'autre. Pourquoi t'infliges-tu ça et pourquoi lui infliges-tu ça ? — Les choses ne vont peut-être pas se passer de cette manière. — En effet, elles risquent d'être pires encore. Tu vas rencontrer un programmateur qui, depuis dix ans, n'a adressé la parole qu'au livreur de pizzas. Quand vous serez à Baltimore, il se sentira tellement mal qu'il va s'installer devant son ordinateur pour ne plus avoir affaire à toi. Ce type est un malade et toi, tu es encore plus malade puisque tu vas chez lui. Tu t'es mise dans un pétrin pas croyable. Débrouille-toi, maintenant, pauvre folle. »

La voix impitoyable se tut, me laissant avec ce constat implacable de mon erreur. Oui, ce voyage était une idée calamiteuse, j'en étais à présent pleinement consciente. Qu'allais-je faire ? Il n'y avait plus moyen de reculer. Comment empêcher cet avion d'arriver à destination ? Comment ne pas quitter l'aéroport par la porte où m'attendrait Melvin Mapple ? Impossible !

L'hôtesse nous distribua alors les papiers vert pâle que reçoit toute personne qui s'apprête à effleurer le sol américain, fût-ce pour trois heures. Ceux qui les voient pour la première fois ne manquent jamais de s'émerveiller du questionnaire auquel il faut répondre : « Avez-vous appartenu ou appartenez-vous à un groupe terroriste ? » ; « Possédez-vous des armes chimiques ou nucléaires ? » et autres interrogations surprenantes, avec des cases oui-non à cocher. Tous ceux qui les découvrent éclatent de rire et disent à leurs compagnons de voyage : « Que se passerait-il si je cochais le oui ? » Il y a toujours quelqu'un pour les en dissuader fermement : « On ne plaisante pas avec la sécurité des États-Unis. » Ce qui fait qu'au final, même les plus allumés résistent à la tentation.

Je connaissais par cœur ces papiers verts et je m'apprêtais à les remplir comme d'habitude quand me vint l'idée suivante : « Amélie, le seul moyen pour toi d'éviter de rencontrer Melvin Mapple, c'est de cocher les mauvaises cases. Tu seras déférée à la justice américaine. Qu'est-ce que tu préfères ? Le train

Washington-Baltimore avec l'obèse mythomane ou les très gros ennuis avec la police des U.S.A. ? »

Jamais de ma vie je ne m'étais posé pareil ultimatum. Je regardai par le hublot le ciel halluciné qui connaissait déjà mon choix. Ma décision était prise, c'était au-delà de la réflexion. Habitée par l'extase, je commis l'action démente. À la question : « Appartenez-vous à un groupe terroriste ? », je cochai le oui. Impression chavirante. À la question : « Possédez-vous des armes chimiques ou nucléaires ? », je cochai le oui. Abasourdissement profond. Et ainsi de suite. En état second, l'esprit écarquillé, je cochai des oui plus suicidaires les uns que les autres. Je signai un acte d'autoaccusation qui me transformait en ennemi public n° 1 de la planète et le glissai dans mon passeport.

À ce stade, ce n'était pas irréversible. Je pouvais encore appeler l'hôtesse et demander un autre formulaire vert, comme ceux qui avaient raturé. Il m'eût suffi alors de déchirer la déposition insane, qui n'aurait eu aucune conséquence.

Mais je savais que je n'en ferais rien. Je savais que je donnerais à la douane les papiers fous. Ce qui se passerait après, je ne le savais pas exactement, si ce n'est que j'allais avoir des problèmes vertigineux. Les autorités m'enverraient à Guantánamo. Il paraît qu'ils ont démantelé cette géhenne, mais les Américains sont efficaces : nul doute qu'ils ont construit quelque équivalent ailleurs. J'allais rester en prison jusqu'à la fin de mes jours.

Tout ça pour éviter de rencontrer Melvin Mapple ? Sornettes ! Amélie, tu accomplis ton destin, ce que tu as toujours voulu. Un châtiment pour tes fautes nombreuses ? Il y a de cela. Mais cela ne te suffirait pas.

Depuis que tu as commencé à écrire, quelle est ta quête ? Que convoites-tu avec une si remarquable ardeur depuis si longtemps ? Pour toi, écrire, qu'est-ce que c'est ?

Tu le sais : si tu écris chaque jour de ta vie comme une possédée, c'est parce que tu as besoin d'une issue de secours. Être écrivain, pour toi, cela signifie chercher désespérément la porte de sortie. Une péripétie que tu dois à ton inconscience t'a amenée à la trouver. Reste dans cet avion, attends l'arrivée. Tu remettras les documents à la douane. Et ta vie impossible sera finie. Tu seras libérée de ton principal problème qui est toi-même.

Composition et mise en pages réalisées
par IND - 39100 Brevans

Achevé d'imprimer par GGP Media GmbH, Pößneck
en décembre 2011
pour le compte de France Loisirs,
Paris

N° d'éditeur : 66513
Dépôt légal : mai 2011
Imprimé en Allemagne